AI-GEDDON

Von Karl-Heinz Rüster

Buchbeschreibung:

Eine künstliche Intelligenz, von einer hoch-entwickelten Rasse ausgesandt um neuen Lebensraum zu suchen landet auf der Erde. Ein katastrophaler Fehler in seinem Hauptspeicher wird der Erde fast zum Verhängnis.

Über den Autor:

Karl-Heinz Rüster

1945 in Egelsbach, Hessen, geboren. Schon als kleiner Bub hat er sich an seinem Heimatflugplatz die Nase am Flugplatzzaun plattgedrückt. Beobachtete die Flugzeuge, wie sie sich in die Lüfte erhoben, bis sie nur noch als winzige Punkte am Horizont zu erkennen waren. Flugzeuge waren auch später seine Leidenschaft. Er baute Segelflugzeuge wie die LS1, ein Flugzeug, welches mehrere Weltmeisterschaften gewann. 1971 wechselte er zur Lufthansa, arbeitete als Flugzeugmechaniker in der Werft in Frankfurt. In den darauffolgenden Jahren war er auf den Stationen der Lufthansa weltweit als Stationengineer im Einsatz. Mit seiner Familie verbrachte er mehrere Jahre in Afrika. Nach seiner Pensionierung entdeckte er seine Passion zum Schreiben.

Mit seiner Familie lebt er seit 1995. in Florida. Dies ist sein viertes Buch.

1. Burghausen Abenteuer, eine mysteriöse Geschichte
2. Vrahaani Episode I&II, eine Science-Fiction Story
3. Die Toten in den Everglades, ein Umwelt-Krimi
4. Death in the Everglades, die englische Übersetzung

Alle Bücher sind im BoD, Books on Demand Verlag, Norderstedt erschienen.

AI-GEDDON

Eine außerirdische künstliche
Intelligenz greift die Erde an.

Von

Karl-Heinz Rüster

khruester@gmail.com

www.khruester.com

Bibliografische Informationen der Deutschen
Nationalbibliothek. Die Deutsche Nationalbibliothek
verzeichnet diese Publikation in der Deutschen
Nationalbibliografie, detaillierte bibliografische Daten sind
im Internet über http://dnb.dnb.de abrufbar.
© 2019 Karl-Heinz Rüster
www.khruester.com
Herstellung und Verlag
BoD Books on Demand, Norderstedt
ISBN: 9 783755 796534

Inhaltsverzeichnis

Dies ist ein fiktives Buch. Namen, Charaktere und Ereignisse sind Produkte der Fantasie des Autors. Eine Übereinstimmung mit lebenden oder toten Personen, mit Firmen oder Ereignissen sind rein zufällig.

Cape Coral

Montag morgen sieben Uhr. Ich komme aus dem Bad, es klingelt mein Handy, »So ein Mist, nicht mal in Ruhe duschen kann man«, sage ich zu mir selbst. Gehe aber doch zum Telefon. »Ja Hallo«. »Hey Mike, ich bin es Peter.« »Guten Morgen Peter, was kann ich für dich tun?« »Hast du Lust und Zeit, uns auf einem Trip auf die Bahamas zu begleiten?« Na klar sage ich, »Mit deinem neuen Flugzeug«? »Ja«, antwortete Peter.

Der neue Flieger von Peter mit dem Rufzeichen N-2309KH, ist eine Pilatus PC-12 NG APEX mit allem, wovon ein Pilot träumt.

»Mike, am Freitag früh so gegen sieben Uhr beabsichtigen

wir, von Fort Myers Page Field loszufliegen. Ziel ist der Governors-Harbour-Airport (MYEM). Zimmer im French-Leave-Resort habe ich schon reserviert. Montag vieleicht auch erst Dienstag fliegen wir dann wieder zurück, ist das Okay mit dir?« »Wer ist mit von der Party?«, frage ich, »Die üblichen Verdächtigen?«

»Ja meine Frau Inge, Holger Strass und seine Gattin Anna und du als mein Co-Pilot.« »Na klar«, sage ich, »Habe für das Wochenende nichts geplant, somit ist das in Ordnung. Kümmerst du dich um die Flugplanung? Oder möchtest du, dass ich das in die Hand nehme?« »Nee mach du das, du hast mehr Zeit.« »Kein Problem wird erledigt, IFR oder VFR Flugplan?« »Besser einen Instrumentenflugplan«, meint Peter. »Okay.« »Liegt etwas

Besonderes an?« »Nein, ich brauche nur ein paar Tage zum Ausspannen, jede Menge Stress, du weißt schon.«

»Dass scheint ja lustig zu werden«, denke ich, »Mit Peter und Inge Bushgard, Holger und Anna Strass gibt es immer was zu lachen.«

Die Bushgards genau wie die Familie Strass kenne ich schon, seit ich mich hier in Florida niedergelassen habe, das sind ein paar Jährchen. Peter ist ein erfolgreicher Biologe, er ist in der Krebs-Forschung tätig, hat ein Labor in Fort Myers.

Holger und Anna Strass besaßen eine Bekleidungsfabrik in Deutschland, welche sie vor Jahren verkauft hatten. Sie haben sich hier in Cape Coral am Gulf of Mexico zur Ruhe gesetzt.

Cape Coral ist eine schnell wachsende Stadt am Gulf of Mexiko mit ca. 180000 Einwohnern.

Mein Name ist Michael Strom, aber jeder ruft mich Mike. Ich bin Meeresbiologe, im Besitz von einer Pilotenlizenz mit Instrumentenflugberechtigung. Peter und ich fliegen oft zusammen, aber das neue Flugzeug habe ich noch nicht geflogen. Ich lebe seit 26 Jahren hier in Florida, und wie ich immer sage, im Paradies! Es ist ein wunderschönes Stückchen Erde. Angenehme Temperaturen im Winter, nicht zu heiß im Sommer. Das Einzige, was stört, ist die hohe Luftfeuchtigkeit in der Regensaison, aber daran habe ich mich gewöhnt. Südwest Florida ist ein beliebtes Reiseziel für Touristen aus aller Welt, hauptsächlich für

Europäer. In den Monaten November bis Ende April liegen die Temperaturen im Durchschnitt bei 25° C. Es ist die Trockenzeit, meist blauer Himmel, vereinzelnde Cumulus Wölkchen. Für Piloten aus Deutschland ein Traum. Fliegerwetter jeden Tag. In old Germany wandern um diese Jahreszeit die Raben zu Fuß, hier herrscht bestes Flugwetter!

Ich freue mich auf den Trip, fange unverzüglich an die Flug-Route und den Flugplan auszuarbeiten.

Am Freitagmorgen um 6:30 Uhr trafen wir uns alle zusammen am Airport in Fort Myers Page Field. Peter und ich bereiteten die PC-12 für den Trip vor. Vorflugkontrolle und die Betankung sind abgeschlossen, alle Passagiere an Bord.

Wir erhalten unsere Taxifreigabe zur Startbahn 05, kurz darauf die Startfreigabe. Die PC-12 beschleunigt, hebt ab, wir sind auf dem Weg zu den Bahamas.

Das Wetter ist fabelhaft, blauer wolkenloser Himmel. Wir befinden uns auf Flugfläche 250 (ca. 8 km) wie von der Abflugkontrolle Fort Myers freigegeben.

Die Flug-Route führt uns über Miami International Airport, dann etwas südlich vorbei an South Bimini (MYBS) direkt nach Governors Harbour, unserem Zielflugplatz. Die Flugzeit haben wir mit 1h: 19 min berechnet.

Alle an Bord sind guter Laune, ein jeder freut sich auf das Wochenende auf Eleuthera Island.

Peter fliegt die PC-12 NG, ich bin für den Funkverkehr mit den zuständigen

Verkehrskontrollen (ATC) verantwortlich. Er fragt mich, »Wie gefällt dir die N-2309KH?« »Bin begeistert«, antworte ich. »12 Minuten bis zur Landung«, lasse ich die Passagiere in der Kabine wissen, »Schnallt euch bitte an.«

Im Cockpit bereiten wir uns auf den Anflug vor und initiieren unseren Sinkflug auf den Flugplatz Governors Harbour.

Holger rümpfte seine Nase, sagte, »Riechst du das?« »Ja, es riecht nach faulen Eiern, das kommt doch nicht aus der Kabine oder? Er kichert«. »Nein, eher von außen aber die Klimaanlage ist so konstruiert, solche Gerüche zu filtern, unerklärlich.« Der ganze Spuk dauerte keine zwei Minuten. Bei ATC fragte ich sofort nach, ob sie

Ungewöhnliches während unseres Anfluges beobachtet hätten. Die Antwort war negativ, ihnen sei nichts Besonderes aufgefallen, »Warum fragen Sie, gibt es etwas, was wir wissen sollten?« »Nein, wir erklären es ihnen nach der Landung, antwortete ich über Funk.«

Wir setzten unseren Anflug fort und landeten wie geplant auf dem Airport Governors Harbour. Nachdem alle das Flugzeug verlassen hatten, meinten beide Damen gleichzeitig, »Was immer das verursachte, es roch fürchterlich.« »Ich stimme euch zu, das war unangenehm.« Peter fragte mich, »Glaubst du, dass etwas mit dem Flieger nicht in Ordnung ist«? »Nein, unwahrscheinlich, kann ich mir nicht vorstellen, es roch nach Schwefelgas und das entsteht nicht in einem Flugzeug. Das kommt in Kläranlagen, in Seen oder auf dem Meeresboden vor. Wie das Gas bis auf unsere Flughöhe zu riechen war, ist mir ein Rätsel.«

Wenig später hatten wir das Flugzeug verzurrt und mit der Plane zum Schutz gegen die intensive Sonneneinstrahlung abgedeckt. Dann begaben wir uns auf den Weg zum Empfangsgebäude des Airports, um die Formalitäten zu erledigen. Ich fragte den Service Agenten, ob hier am Platz ein Geruch von faulen Eiern wahrgenommen worden sei, nein wir haben nichts Derartiges bemerkt, meinte er.

In der Flugleitung erledigten wir die Einreise-Formalitäten. Das von uns über Funk vorbestellte Taxi wartete schon. Nach ca. 11 km erreichten wir das French-Leave-Resort. Es ist an der Westseite der Insel gelegen, mit im Kolonialstil errichteten Bungalows, architektonisch in die Landschaft eingebettet, nur wenige Meter vom Strand entfernt. Pünktlich zur Lunchzeit sassen wir gemeinsam auf der Hotelterrasse. Es wurde über alles Mögliche gesprochen, die Stimmung war ausgelassen. Die beiden Damen zogen es vor, sich auf ihre Suiten zurückzuziehen, um Siesta zu halten. Wir Männer drehten einige Runden im Pool und besprachen, was wir am nächsten Tag anstellen wollten. Holger sagte, »Lasst uns morgen einen Strandtag einlegen und relaxen. Das Wetter lädt zum Schwimmen und schnorcheln im türkisfarbenen Meer ein.«

Beach

Nach dem Frühstück brachte uns ein Hotel Shuttle zum Strand an der gegenüberliegenden Seite der Insel. »Dort«, so sagte der Hotelconcierge, »Ist der Strand meist menschenleer, ein Paradies zum Schnorcheln. In dem Korallenriff wimmelt es von Fischen aller Art, ihr werdet es nicht bereuen.«

Von der Hotelküche bestens versorgt, richteten wir uns häuslich ein. Es war ein traumhaft schöner Tag. Peter und ich fachsimpelten über das neue Flugzeug und was wir für Reiseziele in unsere Planungsliste aufnehmen sollten.

Anna rief uns zu, »Liegt nicht so faul in der Sonne,

bewegt eure lahmen Knochen, lasst uns schnorcheln gehen.«

Alle schnappten ihre Ausrüstung, schon waren wir bei den Fischen. Wir tauchten in eine Zauberwelt, die Korallenriffe waren von farbenprächtigen Meeresbewohnern bevölkert. Es war faszinierend, dem Treiben zuzuschauen. Inge stieß mich an, zeigte auf einen majestätisch vorbeiziehenden Hai. Es war ein Blacktip, mindestens zwei Meter lang. Kurz darauf gesellten sich weitere hinzu, die Frauen bekamen es mit der Angst und verließen das glasklare Wasser. Wir Männer beobachteten, wie sich die Anzahl der Haie ständig vermehrte. Ich zählte zwölf, dachte, »Was für großartige Tiere, sie bewegen sich so graziös durchs Wasser.«

Wir verbrachten einen wundervollen Tag am Strand, gegen Nachmittag ließen wir uns von dem Shuttle Bus abholen und ins Hotel bringen. »Was für ein toller Tag«, sagte Inge Bushgard, »Was unternehmen wir morgen?« »Eine Bootstour vielleicht? Lasst uns den Manager fragen, der hat sicherlich eine Idee«, antwortete ich. Nach dem Abendessen baten wir William den Hotelmanager, für uns ein Charterboot zu buchen.

Bootstour

Nach einem ausgiebigen Frühstück brachte uns Shaun, der Hotel Busfahrer, zu dem kleinen Yacht Hafen auf der anderen Seite der Insel.

Jack, der Kapitän des Charterbootes, ›Blue Lady‹ wartete schon, hieß uns auf seinem Schiff herzlich willkommen. »Jeder hat an Bord eine Schwimmweste zu tragen, dies sei Vorschrift«, erklärte er. ›Blackbeard‹, so nannte ihn seine Crew, legte ab und kurze Zeit darauf waren wir auf offener See. Die Insel war am Horizont nur noch als schmaler Streifen im Westen zu erkennen. Holger und ich versuchten uns im Angeln, die Frauen sonnten sich auf den Liegen im Heck des Schiffes. Die See war glatt wie ein

Spiegel, keine Wellen, das war angenehm. Blackbeard winkte uns zu, er wollte, dass wir zu ihm rüber kommen. Wir unterbrachen unsere Angelversuche und begaben uns zu ihm auf die Flybridge. Jack hatte ein Fernglas vor seinen Augen, er deutete in Richtung Süd-Ost. Dann gab er mir seinen Feldstecher, »Kannst du irgendjemand an Bord des Frachters ausmachen?« »Nein, da ist niemand zu sehen«, sagte ich.

Holger ergriff das Fernglas, aber genau wie wir, konnte er keinen Menschen an Deck des Frachtschiffes ausmachen, es war verlassen. »Das sehen wir uns mal an«, sagte Blackbeard. »Der Frachter steuert direkt auf die Nordspitze von Cat Island zu, wenn er diesen Kurs beibehält. Da stimmt etwas nicht. Die Insel hat keinen Hafen für solch großen

Schiffe.« Die ›Blue Lady‹ nahm direkten Kurs zu dem Frachtschiff, gleichzeitig informierte Jack die Küstenwache. Kapitän Blackbeard legte die Schubhebel nach vorne. Das Schiff beschleunigte mit Höchstleistung in Richtung Frachter, welcher sich 5 Kilometer vor uns auf die Nordspitze von Cat Island zubewegte. Ich meinte an Jack gerichtet, »Werden wir den Frachter einholen bevor er auf die Küste aufläuft?« »Es wird zumindest eng werden, ich hoffe, dass die Küstenwache angemessen reagiert.« Im selben Moment meldete sich die Coast Guard über Funk und erfragte die genaue Position des Runaway Frachters. Aus Norden hörten wir schon einen Hubschrauber, der sich schnell näherte. Fünf Minuten später überflog er unser Boot in

Richtung des Frachtschiffes, welches mit unverminderter Geschwindigkeit auf die Insel zusteuerte. Jetzt erkannten wir den Namen des Schiffes mit den Ferngläsern, es war die San Pedro II, sie fährt unter liberianischer Flagge.

Über die internationale Notfrequenz 121,5MHz versuchte die Hubschrauberbesatzung genau wie Jack vorher schon den Frachter zu erreichen, vergebens. Aus einem Kilometer Entfernung beobachteten wir, wie die Besatzung des Helikopters jemanden mit einer Winde auf das Schiff abseilte. Der Pilot meldete sich bei Blackbeard und bestätigte, dass sie ein Besatzungsmitglied auf dem führerlosen Pott abgeseilt haben. Jack wurde aufgefordert, nicht zu dicht heranzukommen, da das Schiff nur noch 4-5 Kilometer von der

Küste entfernt sei. Einige Matrosen lägen leblos an Deck, ob tot oder lebend, sei nicht auszumachen. Der abgeseilte Coast-Guard-Offizier würde versuchen, den Frachter zu stoppen. Ob das gelingt, sei fraglich, es wird mit großer Wahrscheinlichkeit zu einer Havarie kommen. Der Abstand zur Nordspitze von Cat Island ist schon zu nah.

Der Pilot forderte über Funk weitere Einheiten an, uns befahl er, einen Sicherheitsabstand von einem halben Kilometer einzuhalten. Bleiben sie bitte in der Umgebung, um wenn nötig Hilfe zu leisten. Jack, unser Kapitän, bestätigte den Funkspruch.

Wenig später sahen wir, wie das Schiff allmählich langsamer wurde, die Schrauben des Frachters waren voll in Reverse. Die Schiffsschrauben wirbelten am Heck riesige Wasserberge auf. Der abgeseilte Mann des Hubschraubers hatte es geschafft, den Emergency Stopp einzuleiten. Jeder von uns hoffte, dass das Schiff, bevor es auf Grund läuft, zum Stillstand kommt. Es reichte nicht, der Bug des Frachters bohrte sich in den Sand der North-Beach von Cat Island. Wir hörten das Bersten des Schiffsrumpfes bis zu uns herüber. Ein schreckliches Geräusch, wie der Aufschrei einer sterbenden Kreatur. Dann wurde es still, wir sahen Frachtcontainer über den Strand verteilt umherliegen. Das Schiff war schwer beschädigt, es drohte auseinanderzubrechen. Der Hubschrauber landete etwas abseits, die Besatzung rannte auf das havarierte Schiff zu. Sie drehten wieder um, liefen zum Helikopter zurück, denn auf dem hinteren Deck stand das Crewmitglied und winkte aufgeregt. Der Hubschrauber hob ab, flog zum Frachter, schwebte über dem winkenden Mann. Er wurde an Bord gehievt.

Kapitän Jack manövrierte sein Boot langsam in gebührendem Abstand zum Frachtschiff am Strand. Mit einem Anker sicherten wir die ›Blue-Lady‹ und liefen zu dem Helikopter, der soeben landete. Der Pilot der Coast Guard sowie seine Besatzung stiegen aus, kamen auf uns zugelaufen.

»Hallo, ich bin Nate Smith Master Chief Officer, Pilot und Kommandant des Hubschraubers der US Coast Guard. Hier ist meine Besatzung: Petty Officer First Class Pete Walker, Rescue Schwimmer Al Witherspoon und

Airman Luke. Danke für ihren Distress-Call, leider war es nicht mehr möglich, den Frachter rechtzeitig zu stoppen. Ohne ihre Hilfe wäre es zu einer weit größeren Katastrophe gekommen. Mister Witherspoon war es im letzten Moment gelungen, den Emergency stop zu iniziieren, es war aber schon zu spät, das auf Grund Laufen zu verhindern. Er hat einige Matrosen an Deck sowie den Kapitän des Schiffes tot aufgefunden. Es sind drei weitere Kreuzer der Küstenwache auf dem Weg, welche die Suche nach Überlebenden fortsetzen. Bitte geben Sie mir ihre Personalien, damit die Behörden sie erreichen können, falls sich Fragen ergeben.« Er bedankte sich nochmals für unsere Hilfe, dann verabschiedete er sich.

Es tauchte ein Schnellboot und in etwas weiterer Entfernung drei Coast-Guard-Schiffe auf. Die Hubschrauber Crew hatte zwei Mann abgeseilt, diese ließen Taue und Strickleitern an der Bordwand ab. Über diese enterte die Schnellbootbesatzung das havarierte Schiff. Es war für uns Zeit, zur ›Blue Lady‹ zurückzukehren. »Mann war das ein aufregender Tag heute«, meinte Inge. »Den hatte ich mir aber etwas anders vorgestellt, so mit faulenzen an Deck und so!« Wir alle nickten zustimmend. Auf der Rückfahrt zum Hafen wurde fast nichts gesprochen, die Stimmung war gedrückt. Jack meinte »Was bloß mit den Leuten auf dem Frachter passiert sein mag?«

Zurück im Hotel

William, der Manager begrüßte uns schon im Foyer, fragte, »Na hattet ihr Spaß bei eurem Bootsausflug? War das Fischen erfolgreich?« »Leider nicht, es ist etwas dazwischen gekommen und das war nicht erfreulich«, antwortete ich. »Die Story erzählen wir beim Abendessen. Wären sie bitte so freundlich, einen Tisch auf der Terrasse zu reservieren«? »Klar erledige ich, so in einer Stunde?« »Ja, in Ordnung, wir haben einen Riesenhunger nach der ganzen Aufregung«, sagte Holger Strass. »Na da bin ich aber gespannt, was ihr zu erzählen habt, klingt ja dramatisch.«

Wir trafen uns wie vereinbart auf der Terrasse, der Manager hatte einen Tisch für uns reserviert. Der Ober nahm die Getränke auf, da erschien William, setzte sich zu uns, fragte aufgeregt »Na dann erzählt mal!«

Holger berichtete das Erlebte und William hörte aufmerksam zu. »Das klingt ja unfassbar, was meint ihr, war der Grund dafür?« »Es muss etwas Außergewöhnliches an Bord passiert sein, was immer die Crew des Frachters tötete. Die zuständigen Behörden werden das sicherlich herausfinden«, antwortete ich ihm. »Jetzt lasst uns was Feines zu essen bestellen, denn ich sterbe fast vor Hunger.« William verabschiedete sich und wünschte einen angenehmen Abend.

Wir studierten die Speisekarte, so viele Gerichte zur Auswahl. Es machte die Wahl schwierig. Familie Bushgard hatte sich für ein Chateaubriand auf karamellisiertem Gemüsebett entschieden, wir anderen bestellten den Red Snapper, in der Pfanne gebraten, serviert auf Spinat, wilden Champignon Risotto mit frischem Thymian und einer Lemon Zest. Das Essen war köstlich. Nach einigen Gläsern Wein war die Stimmung ausgelassen, die Ereignisse des Tages waren fast vergessen.

Wir besprachen die Pläne für den morgigen Tag und beschlossen, noch einmal schnorcheln zu fahren. Das Korallen-Riff mit seinem glasklaren Wasser und seinen Riffbewohnern luden dazu ein. Somit war das Thema abgehakt, wir begaben uns leicht beschwipst auf unsere Suiten.

Der nächste Tag verlief harmonisch und ohne Zwischenfall, alle waren happy.

Abends erfuhren wir von William, dass auf dem Frachtschiff San Pedro II keine Überlebenden gefunden wurden, sie waren alle tot. Er berichtete, dass zwei weitere Schiffe in den Gewässern der Karibik aufgespürt wurden, welche sich nicht über Funk gemeldet hätten. Die Küstenwachtschiffe sind am frühen Nachmittag zu den letztbekannten Positionen ausgelaufen. Es heißt, zwei Frachter der gleichen Größe wie die San Pedro II, sowie eine private Yacht aus Fort Lauderdale wurden steuerlos entdeckt. Wie auf der San Pedro II waren alle

Besatzungen nicht mehr am Leben.

»Was passiert hier? Das sind doch keine Zufälle«, sagte Holger. »Warten wir die nächsten Nachrichten ab, bin gespannt«, antwortete ich. »Es beunruhigt mich schon, aber im Grunde haben wir mit den Vorfällen nichts zu tun, dafür sind die hiesigen Behörden zuständig.«

Wie sehr ich damit daneben lag, zeigten die darauffolgenden Wochen.

Rückflug

Montag früh um 8 Uhr waren wir am Flugplatz, bereiteten die Pilatus für den Rückflug vor. Vorflugkontrolle, Tanken, Wetter einholen, Flugplan aufgeben. Alle waren an Bord. Wir arbeiteten die Checklisten ab. Ich ließ den Motor an, Peter überließ mir das Fliegen und er kümmerte sich um den Funk. Ich rollte zur Startbahn und wir bekamen die Startfreigabe, schon waren wir in der Luft. Die Flugroute führte direkt über Bimini ›VOR‹ (Funknavigationsanlage), Fort Lauderdale ›VOR‹ nach Page Field. Die Flugzeit berechnete der Computer mit 1 Std. 23 Minuten. Die

Wettervorhersage: Die Sicht mehr als 10 km mit leichter Bewölkung in 2000 Fuß, Temperatur 28°C. Lokale Gewitter sind für Fort Lauderdale vorhergesagt. Wir stiegen langsam auf die freigegebene Höhe, von 18.000 Fuß (5480 Meter). »Ich bin begeistert, die Pilatus fliegt sich ausgezeichnet.« Über das PA-System der Funkanlage fragte ich unsere Passagiere in der Kabine, ob alles Okay sei? Ja war es, entnahm ich ihrem zustimmenden Kopfnicken. Kurz vor Erreichen von Fort Lauderdale sah ich schon, dass Gewitter sich gebildet hatten. Es ist immer wieder fantastisch anzuschauen wie sich Cumulus Nimbus Wolken entwickeln, sich bis in Höhen von über 40,000 Fuß auftürmten. Diese konvektiven Wolkenformationen wurden deutlich von dem Wetterradar auf dem ›Situation Flight Display‹ angezeigt. Peter fragte bei ATC (Air Traffic Control) nach einer Freigabe die Gewitter zu umfliegen, wir bekamen die Erlaubnis und umflogen die CBs (Cumulus Nimbus). Wenig später initiierte ich den Anflug auf Fort Myers (KFMY).

Wir landeten in Page Field, rollten zu unserem Hangar. Alle waren froh, wieder zu Hause zu sein. Inges Vorschlag, den Trip bei einem Drink und einer Pizza ausklingen zu lassen, wurde sofort akzeptiert. So saßen wir dann gemeinsam in Grimaldi's Pizzeria in den Bell Tower Shops, alle waren wieder guter Stimmung. Die Erlebnisse des Bahamas-Trips waren verdrängt. Die Unterhaltung am Tisch war gelöst und es wurde wieder

gelacht. Eine Stunde später
lösten wir die fröhliche Runde
auf, verabschiedeten uns und
fuhren nach Hause.

Zwei Wochen später

Holger, Anna und ich saßen bei den Bushgard auf deren Pool-Deck, Peter hatte den Grill angeheizt, es roch verführerisch nach Steaks. Inge hatte grüne Salate nebst Ofenkartoffel vorbereitet. Ich hatte einen Frankfurter Kartoffelsalat mitgebracht, das war schon Tradition und wurde immer wieder gern gegessen. Die Konversation am Tisch wurde teilweise heftig, zum Teil emotional geführt. Hauptsächlich wurde die Klimaveränderung, die daraus resultierenden Folgen diskutiert. Die Unterhaltungen wurden nur durch die saftigen Steaks unterbrochen. Holger wurde von seiner Frau Anna wegen seiner Tischmanieren gemaßregelt, »Mit vollem Mund spricht man nicht, mein Lieber.«

Er ließ sich aber nicht beirren, führte weiter die Diskussionsrunde an. Holger erwähnte die Intensität und Zunahme der Hurrikan in den letzten Jahren sowie die im Moment katastrophalen Brände in Kalifornien. Menschen verlieren Haus und Hof. Viele Tote sind zu beklagen, jeder versucht, dem Inferno zu entkommen. Holger ist wütend auf die ›Volksvertreter‹. Er macht die Unfähigkeit der Regierenden weltweit dafür verantwortlich, insbesondere die Aussage des Präsidenten der USA, welcher ja immer wieder die Existenz des Klimawandels verneint. Ich pflichtete Holger bei, denn ich hatte schon öfters meine wissenschaftlichen Erkenntnisse und Befürchtungen der Regierung mitgeteilt, ohne Erfolg. Politiker halten Wissenschaftler für Spinner, welche nur den Weltuntergang herbeireden. Viele meiner Kollegen, die sich mit dem gleichen Thema beschäftigten und eindringlich warnen, werden seit Jahren ignoriert, sie alle sind frustriert! »Was meinst du damit Mike? Kannst du uns das erklären!«

»Es ist kompliziert, ich versuche, es zu veranschaulichen. Am Meeresboden lagern sich seit Millionen von Jahren biologische Abfälle von Meerestieren, Pflanzen und anderen Lebewesen ab. Diese werden von verschiedenen Mikroben abgebaut. Für die Detoxifizierung des Schwefelwasserstoffes ist ein auf dem Meeres- und

Küstensediment sitzender Biofilm aus Bakterien mit bis zu 100.000.000 Zellen pro cm^3 verantwortlich. Oder besser, mitverantwortlich. Neben der biologischen Oxidation gibt es auch eine chemische. Es ist bisher nicht eindeutig klar, in welchem Verhältnis diese Prozesse zueinanderstehen.

Meine Analysen ergaben, eine Zunahme der Erwärmung der Ozeane um weitere zwei Grad Celsius, wird für unseren Planeten unausweichliche Auswirkungen haben. Eine Oberflächenerwärmung der Meere hat zur Folge, dass nicht mehr genug Sauerstoff in die Tiefen der Ozeane gelangt. Warmes, sauerstoffarmes Wasser bleibt lange an der Meeresoberfläche, kaltes, sauerstoffreiches sinkt nicht mehr auf den Meeresboden ab. Der so wichtige Kreislauf des Sauerstoff-Austausches am

Grund des Meeres wird dadurch unterbrochen. Die Mikroben und Bakterien, welche für den Stoffwechsel der Sauerstoffatmenden Spezimen so wichtig sind, bekommen keine Nahrung mehr. Es gelangt zunehmend Wasserstoffsulfid an die Meeresoberfläche und damit in die Atmosphäre. **Unter diesen sauerstofffreien Bedingungen in den Ozean-Sedimenten veratmen Organismen Sulfat während des Abbaus von organischem Material. Es entsteht dabei der für Pflanzen und höhere Lebewesen toxische Schwefelwasserstoff (H_2S).** Bleibt eine anschließende Zurückführung in Sulfat aus, hat das Folgen. Jeder kennt den Geruch von faulen Eiern, ein Hinweis darauf, dass H_2S in die Atmosphäre ausgetreten ist. Unter Biologen weltweit gilt nach wie vor die Annahme, dass das Massenaussterben wie etwa jenes vor circa 250 Millionen Jahren in Verbindung mit dem damaligen Sauerstoffmangel und der Giftigkeit des entstandenen H_2S steht. Es wird unter den Fachleuten diskutiert, dass seit Bestehen des Planeten mindestens 4-5-mal 99,9% allen Lebens ausgelöscht wurde.

Ich bin der Ansicht, wenn die Erwärmung der Ozeane nicht gestoppt wird, erlebt die Menschheit eine nie da gewesene Katastrophe in ihrer Geschichte, viel Zeit bleibt nicht mehr. Wenn es nicht gelingt, die Dringlichkeit den Regierungen zu vermitteln, dann ist es zu spät. Es finden im Moment Vorgänge statt, welche wir Wissenschaftler nicht mal im Ansatz verstehen. Vorhersagen der Prozesse sind genauer gesagt unmöglich. Meeresbiologen in aller Welt sind sich darüber einig, es muss so schnell wie möglich etwas geschehen!« »Mann das sind ja furchtbare Nachrichten«, sagte Holger. »Mein erster Verdacht ging genau in diese Richtung. Es entweichen größere Mengen von Schwefelwasserstoffen aus den Ozeanen in die Atmosphäre, diese sind wie Zyanide, und hochgradig giftig. Je nachdem, wie hoch die Konzentrierung ist. H_2S verursacht in geringen Mengen den typischen Geruch von faulen Eiern, der ab 0,0005 ppm wahrnehmbar ist (die standardisierte Geruchsschwelle für Menschen liegt bei ca. 0,02 ppm). Das Gas hat das Charakteristikum, die Geruchsrezeptoren zu vertauben, wodurch höhere Konzentrationen nicht mehr wahrgenommen werden können. Dieser Effekt tritt bereits ab ca. 100 ppm auf. Ab 1000 ppm ist das Gas lebensgefährlich. Bei Werten über 5000 ppm ist es in wenigen Sekunden tödlich.« Peter antwortete: »Ich hoffe, es bleibt bei dem isolierten Ausbruch, welchen wir auf Eleuthera erlebt haben, das hatte gereicht. Deinen Ausführungen zufolge, müsste jeder auf diesem Planeten über sein persönliches Verhalten, der Umwelt gegenüber, zum Nachdenken anregen. Wenn aber die Klima-Erwärmung weltweit geleugnet wird, wie soll dann die Allgemeinheit sensibilisiert werden?« »Leider hast du Recht, der Mensch reagiert erst, wenn es ihn persönlich oder seine Familie betrifft. Ansonsten wird weiter wie bisher äußerst sorglos mit seiner Umwelt umgegangen«, sagte ich.

Anna mischte sich in unsere Gespräche ein, sie meinte:

»Bitte das Thema wechseln, denn wenn ihr weiter so diskutiert, bekomme ich die ganze Nacht kein Auge zu!« »Okay planen wir lieber unseren nächsten Flug«, sagte Peter, »Es werden ab sofort Vorschläge angenommen, wohin soll es denn gehen?«

Wir diskutierten bis in die späte Nacht, einigten uns für ein gemeinsames Wochenende in New Orleans. Zu vorgerückter Stunde beendeten wir die Grill-Party. Wir bedankten uns bei den Bushgard für den gelungenen Abend und verabschiedeten uns.

Auf dem Weg nach Hause wanderten mir weitere mögliche Szenarien durch den Kopf, welche ich nicht mit in die Debatte habe einfließen lassen, weil hochbrisant! Ich fasste den Entschluss, diese Überlegungen meinen Meeresbiologen-Kollegen mitzuteilen, um eine Diskussion anzuregen. Ich beabsichtige nicht derjenige sein, welcher im Alleingang versucht, die Welt wach zu rütteln. Mit einem Glas Riesling vom Weingut ›Scheffer‹ aus Zotzenheim/Rheinhessen ließ ich den Abend ausklingen.

Bio-Lab

Der Aufruf an meine Kollegen zeigt Wirkung. In unserem Labor der Universität Gainesville treffen immer mehr Anrufe aus aller Welt ein, welche meine Befürchtungen untermauern. Erhöhter H_2S-Ausstoß in die Atmosphäre werden weltweit bestätigt.

Am Wochenende fuhr ich von Gainesville zurück nach Cape Coral, denn in meinem Kalender war ein Treffen bei Peter und Inge eingetragen. Wir wollten den New-Orleans-Ausflug besprechen. Wenn ich aber den Wetterbericht der kommenden Woche anschaue, kommen mir Zweifel, denn es braute sich im Golf of Mexiko ein Hurrikan zusammen. Mit 90 % wird er auf die Küste von New Orleans treffen, so die Vorhersage. Momentan ist es ein Wirbelsturm der Kategorie II, er wird sich aber im weiteren Verlauf zu einem Sturm der Stufe V verstärken. Das bedeutet für die Küstenregionen des Florida Panhandle eine Katastrophe.

Ich befinde mich schon auf halbem Weg, da rief mein Mitarbeiter aus dem Labor an, ich möge bitte wieder zurückkommen, es sei dringend! Was Genaueres sagte er nicht. Er erwähnte, ein Biologie-Professor aus Bremen in Deutschland hatte angerufen. Er erwartet meinen Rückruf auf Skype. Okay, ich drehte wieder um und fuhr zurück ins Labor.

Dort fand ich die Nachricht auf meinem Schreibtisch, ein alter Freund und Kollege

Professor Dr. Helmut Lange vom Max-Planck-Institut für marine Mikrobiologie in Bremen hatte angerufen. Von ihm habe ich seit unserer Forschungsreise im Pazifischen Ozean nichts mehr gehört, er wahr wohl zu sehr mit den Auswertungen der letzten Expedition beschäftigt.

Ziel dieser Forschungsfahrt war es, ein unbekanntes Ökosystem vor den Küsten Südamerikas zu untersuchen. Vor Peru fanden wir lebende Einzeller in Millionen Jahre alten Sedimenten.

Mit einem hundert Meter langem Bohrgestänge bohrten wir tief in den Meeresboden und brachten Ablagerungen längst vergangener Zeiten an Deck. Diese Sedimente lieferten uns Information, welche Bedingungen in früheren Erdzeitaltern geherrscht haben.

Gemeinsam mit meinen deutschen Kollegen untersuchten wir damals die Sedimente unterhalb des Meeresbodens bis zu einer Tiefe von zirka hundert Metern. Wir versuchten zu verstehen, was für Mikroorganismen dort leben, welche Energieträger sie nutzen und welche Rolle sie im Ökosystem spielen.

Es ist jetzt 9 Uhr morgens an der Florida Ost-Küste, 3 Uhr nachmittags in Deutschland eine günstige Zeit, meinen alten Weggefährten über Skype zu erreichen. Schon beim ersten Versuch erschien er auf dem Monitor. »Hallo Helmut lange nichts mehr von dir gehört! Wie geht's? Was hast du auf dem Herzen?« »Moin moin, ich komme gleich zum Grund meines Anrufes! Erstens:

Deine Befürchtungen halte ich für durchaus berechtigt, da sind sich alle im Institut einig! Zweitens: Untersuchungen im Nordatlantik haben ergeben, dass der Golfstrom, welcher wie eine gewaltige Umwälzpumpe tropische Gewässer in die arktischen Regionen transportiert, wo es sich abkühlt, bevor es in die Tiefe sinkt. Dieser nordostatlantische Strom befördert das kalte sauerstoffreiche Wasser dann in den Süden. Dort erwärmt sich das Meerwasser, steigt auf, die Passatwinde und die Erdrotation befördern dieses warme tropische Oberflächenwasser wieder zurück in den Nordatlantik. Dieser Kreislauf funktionierte seit Jahrmillionen. Dieser Zyklus ist definitiv durch die CO_2-Anreicherung der

Atmosphäre und die dadurch entstandene Klimaerwärmung in den letzten Jahren massiv gestört. Der Zyklus ist unterbrochen. Was die Folgen davon sein werden, lässt sich schwer abschätzen, ist aber dramatisch. Ich behaupte, es ist zwei Sekunden vor zwölf. Wenn der CO_2-Ausstoß in die Atmosphäre nicht gestoppt wird, erlebt die Menschheit eine nie da gewesene Katastrophe.« »Ich hatte es schon seit einiger Zeit befürchtet, dass dies eintritt«, sagte ich. »Wenn die sauerstoffverarbeitenden Bakterien nicht mehr versorgt werden, dann wird es dazu kommen, dass Methan produzierende Mikroben die Oberhand gewinnen. Die Produktion von Methan und Schwefelwasserstoff wird ungehindert in die Atmosphäre entweichen. Dass bedeutet, das

Ende aller Lebewesen und Pflanzen!« ›Extinktion‹, antwortete ich. Es herrschte für einige Minuten Stille, keiner von uns beiden sagte ein Wort, wir schauten uns nur an. Helmut schüttelte verzweifelt seinen Kopf und meinte: »Was sollen wir unternehmen?« »Was denkst du«, fragte ich, »Wie viel Zeit haben wir noch?« »Das kann ich nicht beantworten, einen Monat, ein Jahr, das sind alles Spekulationen. Ich hoffe, uns bleibt mehr Zeit, um eine Lösung zu finden.« »Halte mich bitte auf dem Laufenden«, sagte ich. »Wir bleiben in Kontakt, Okay?« »Auf jeden Fall, ich melde mich, sobald es Neuigkeiten gibt«, antwortete Helmut. Wir unterbrachen unsere Skype-Session. Ich saß eine halbe Stunde nachdenklich in meinem Bürostuhl. Wird es das

Ende der Menschheit sein? Ich hoffe, dass irgendein schlauer Kopf ein Lösungskonzept findet. Eine technische Lösung? Es wäre das Beste! Auf die Menschen ist kein Verlass, auf Berufspolitiker schon gar nicht! Probleme wie diese werden zu ihrem politischen Vorteil ausgeschlachtet, nur um der Gegenpartei zu schaden. Wir haben ausschließlich diesen Planeten, auf dem wir leben. Nur gemeinsam wird es möglich sein, Lösungen zu finden. Wenn wir unseren Planeten weiter so behandeln, dann wird er sich rächen. Die Natur braucht uns nicht, wir aber brauchen die Natur!

Am gleichen Abend verfasste ich ein Memo, gerichtet an die Fakultäten der UNI. Ich erläuterte die Situation sowie das Gespräch mit meinem Kollegen aus Deutschland. Ich bat, dieses Memo an alle

Universitäten der USA weiterzuleiten.

Eine ausführliche Abhandlung, mit der Erläuterung des komplexen Sachverhaltes legte ich der Sekretärin des Dekans der Uni auf den Schreibtisch. Ich bat sie, es dem Chef zur Unterschrift vorzulegen. Hoffentlich rüttelt das einige Leute wach, meine Erwartungen sind jedoch gering. Ich bin nicht einmal davon überzeugt, dass sich jemand die Mühe macht, auf dieses Schreiben zu antworten. Ich fasste den Entschluss, wenn keine Reaktion erfolgt, werde ich mich direkt an die Öffentlichkeit wenden.

Es ist spät geworden, ich gehe besser ins Hotel und fahre morgen früh zurück nach Cape Coral. Einen Anruf bei Peter erspare ich mir, denn mittlerweile ist es zwei Uhr

morgens, die schlafen schon,
ich schreibe besser eine SMS.

Chaos

Gemeinsam saßen wir auf der Terrasse von Peter und Inge, diskutierten die katastrophalen Folgen des Hurrikans Samanta, der mit 260 km/h Wind und zehn Meter hoher Sturmflut New Orleans verwüstete und erhebliche Zerstörungen hinterließ. Die entstandenen Schäden sind nicht abzuschätzen, es sind viele Opfer zu beklagen. Die Zahlen sind unvorstellbar. Man zählte bisher über 4.000 Tote. New Orleans ist zu 90 % meterhoch überflutet und unbewohnbar.

Holger sagte, »Heute Morgen wurde in den CNN-Nachrichten davon gesprochen, dass sich weitere Hurrikanes im Atlantik formieren. Es wurde von drei hintereinander folgenden tropischen Stürmen berichtet.« »Das bedeutet nichts Erfreuliches, sie sind wie an einer Perlenschnur aufgereiht, nehmen mit jeder Stunde an Stärke zu«, antwortete ich.

Das National Hurrikan Center in Miami hat schon die Namen für diese tropischen Stürme benannt. Orkan Timo nimmt Kurs auf New York, die Wahrscheinlichkeit eines direkten Landfalls liegt bei circa 70 %. Ursula ist auf geradlinigem Weg auf Savannah/Georgia. Der Dritte in der Reihe ist Winston, dieser hat Miami im Visier. Dann ist da noch Samanta, ein jetzt schon Kategorie IV Hurrikane, welcher sich im Südlichen Golf of Mexico zusammenbraut. Ein direkter Einschlag in

Brownsville Texas wird vorhergesagt.

»Die Hiobsbotschaften reißen nicht ab, im Gegenteil. Auf dem gesamten Globus mehren sich diese Meldungen. Extreme Regenfälle in Europa, Tornados in Italien sowie in Spanien. Äußerste Trockenheit in zentral Asien und in Russland. Australien wird von nie zuvor beobachteten Bränden heimgesucht«, warf Anna in die Diskussion ein. »Wo führt das alles hin?« »Darauf habe ich keine Antwort. Es hat den Anschein, die Erde mit ihren Ozeanen haben etwas gegen uns.« Daraufhin Peter, »Wenn sich nicht bald Grundlegendes ändert, wird die Menschheit verlieren!« »Da bin ich Deiner Meinung, zwei Wochen sind seit meinem Schreiben an die Regierungen der führenden Nationen vergangen, keine Reaktionen, das ist beängstigend. Bisher habe ich mich geweigert, direkt die Öffentlichkeit zu informieren.« In den Fernsehnachrichten wird berichtet, welches vernichtende Ausmaß der Sturm für New Orleans hatte. Die Stadt ist zerstört. Es spielen sich Tragödien ab, Chaos überall. Millionen von Menschen haben seither keinen Strom. Es herrschen Temperaturen von 35°C. Der TV-Moderator weist die Behörden eindringlich auf diese unhaltbaren Zustände hin, er sagt mit zunehmend lauter werdender Stimme: Hier offenbart sich unsere marode Stromversorgung. Nichts wurde in den letzten Jahren unternommen, um diese durch moderne Netzwerke zu ersetzen. Systeme, wie sie in vielen Teilen der Welt Standard sind, selbst in Drittländern. In den

Vereinigten Staaten von Amerika nicht. Es bedarf, keiner technischen Meisterleistung die Stromkabel unterirdisch zu verlegen. Die hölzernen Überlandleitungen entsprechen nicht mehr den heutigen Anforderungen. Die Aussagen, welche wir wieder und wieder zu hören bekommen, das sei zu teuer und zu aufwendig und nicht durchführbar, zeigt eindeutig, wie Politik funktioniert! Alles ist eine Frage des Geldes! Ich bin zutiefst von unseren Volksvertretern enttäuscht, sagte der Sprecher. Wir die Steuerzahler werden seit Jahren betrogen, das kann nicht weiter hingenom..., da wurde das laufende Programm unterbrochen. »Leider kam es zu einer Störung, wir versuchen, den Fehler schnellstmöglich zu beheben.«

»Holy Sh..«, entfuhr es Holger, »Das ist nicht zu fassen, man ist nicht begeistert, dass die Bevölkerung aufgewiegelt wird. Aber genau das haben sie erreicht, wenn auch unfreiwillig. Jetzt sind sogar diejenigen aufgewacht, denen es seit Jahren egal ist, was um sie herum passiert. Die Umweltkatastrophen mehren sich auf dem gesamten Globus, die Einschläge kommen immer näher. Es ist offenkundig, Hurrikans mit diesen Ausmaßen und Stärke gab es bisher nicht, solange Wetter aufgezeichnet wird. Die von Menschen verursachte Klimaerwärmung ist der Verursacher dieser Katastrophen.« »Es wird noch weitaus schlimmere Ausmaße annehmen«, sagte ich. »Wenn wir die steigenden CO_2-Werte durch Verbrennen von fossilen Brennstoffen nicht stoppen,

werden wir Menschen den Kampf
gegen die sich wehrende Natur
verlieren. Ich wiederhole mich
nur ungern! Wir brauchen die
Erde, sie uns nicht!«

Ende Oktober

Die für September vorhergesagten Hurrikans hatten beträchtliche Schäden in New York, Savannah, Georgia und Miami angerichtet. Am schlimmsten traf es Brownsville in Texas. Samanta, so hieß der Hurrikan, raste mit fast 300 km/h direkt über die Stadt. Die Folgen sind bis heute nicht abzuschätzen. Die im Fernsehen gezeigten Bilder lassen nur erahnen, mit welcher verheerenden Wucht der Sturm die City zerstörte.

Hurrikan Winston fegte über Miami, drehte dann in einem 90° Winkel nach Norden ab und folgte der Ostküste, bevor er in den Atlantik abdrehte und an Stärke verlor. Wir an der Westküste von Florida wurden mit reichlich Regen eingedeckt, blieben aber von Hurrikan Winston verschont. Wir hatten Glück!

Vor einer Woche erhielt ich eine Einladung vom national Oceanic and Atmospheric Administration Office der USA (NOAA). Ein Forschungsschiff liegt im Hafen von San Juan, Puerto Rico. Das Schiff wird in Kürze zu einer 10-tägigen Forschungsreise auslaufen. Ziel der Forschung ist es, in den Sedimenten des Puerto Rico Trench und im San-Juan-Canyon aerobe sowie anaerobe

Bakterien und Mikroalgen/Protozoen genauer zu untersuchen. Ich habe sofort die Einladung angenommen, weil ich auf der Liste Helmut Lange und seine langjährige Assistentin Dr. Ria von Hohenstein entdeckt hatte. Insgesamt nehmen 12 Wissenschaftler teil, darunter Professor Hachiro Asako von der Universität Kyoto.

Einen Tag nach meiner Zusage an der Expedition teilzunehmen, kam mir die Idee in den Kopf, mit meinen Freunden zusammen einen Trip mit Peters PC12 nach San Juan zu unternehmen. Wir hatten ja unsere New-Orleans-Reise nicht wie geplant antreten können. Der Hurrikan hatte uns das Wochenende vermiest, war buchstäblich ins Wasser gefallen.

Schon hatte ich das Telefon in der Hand und wählte Peters

Nummer, »Hallo« »Ich habe eine Idee! In einer Woche trete ich eine Forschungsreise in San Juan auf einem Schiff der NOAA an. Wenn wir gemeinsam nach Puerto Rico fliegen, hüpfe ich für 10 Tage an Bord und arbeite, ihr lasst in der Zeit eure Bäuche von der Sonne bräunen, na was hältst du davon?« »Das ist eine ausgezeichnete Idee, ich glaube, wir haben alle eine Auszeit verdient, wir besprechen das heute Abend bei uns, okay?« »Sounds good«, sagte ich, »Um acht, ist das zu spät?« »Nein, das ist in Ordnung, ich benachrichtige Holger und Anna, die werden von deiner Idee begeistert sein.«

Punkt 8 Uhr treffen wir bei den Bushgard ein, Anna hat einen Teller mit Käsehäppchen dabei, ich hatte eine meiner Partysuppen mitgebracht, die wurde immer wieder gerne gegessen. Es war einer dieser lauen Oktoberabende 23°C und wenig Luftfeuchtigkeit. Die Regen-/Hurrikan Saison ist nahezu vorüber, jetzt beginnt die angenehmste Zeit in Florida. Hoffentlich bleibt das so, Katastrophen hatten wir ja genug.

Peter und Inge stellten ein kleines Fässchen Warsteiner auf den Tisch und wir zapften uns jeder ein Glas frisches Bier. Peter sagte zu Anna und Holger: »Der Grund, warum wir uns heute hier treffen, Michael hat eine Idee und ich finde diese ausgezeichnet. Er hat für die nächste Woche eine Einladung zu einer zehntägigen Expedition von der NOAA bekommen. Das Forschungsschiff liegt in San Juan, Puerto Rico. Was haltet ihr davon, wenn wir gemeinsam mit meinem Flugzeug Michael nach San Juan fliegen? Er macht seine Forschungsreise und wir Urlaub?« »Das ist super«, jauchzte Anna, »Wir haben eh Langeweile, Puerto Rico ist um diese Jahreszeit wunderschön, ich kenne eine Urlaubsanlage etwa 30 km östlich vom International Airport gelegen. Wir waren vor 10 Jahren einmal für drei Wochen dort und haben die Ruhe genossen. Rio Mar Village verfügt über einen 18 Loch Golfplatz, den höchsten Ansprüchen gerecht werdend. Insgesamt 5 Pools, Dutzende Restaurants und Bars gehören zu der gepflegten Anlage. Der Strand ist feinsandig mit glasklarem Wasser. Wenn ihr möchtet, buche ich das für uns.« »Okay, somit ist das beschlossene Sache«, meinte Peter. »Wir fliegen am Freitagmorgen um 7 Uhr in Page Field los. Ihr kennt ja den

Ablauf, Zoll, Ausweispapiere etc.«

Meine Suppe war nullkommanix aufgegessen und von den Käse-Häppchen blieb nichts mehr übrig. Nachdem der letzte Tropfen aus den Fässchen war, verabschiedeten wir uns, dann bis Freitag!

Freitagmorgen kurz vor 7 Uhr versammelten wir uns am Flugzeughangar. Peter und ich bereiteten den Flieger vor. Outside-Check, Tanken, Wetter einholen. Den ATC-Flugplan hatten wir gemeinsam ausgearbeitet, die Reiseflughöhe beträgt 25000 fuß = (Flugfläche 250) die Flugzeit haben wir mit 3 Std. 58min errechnet. Alle kletterten an Bord, machten es sich auf ihren Sitzen bequem. Peter übernahm den fliegerischen Teil, der ›Non Flying Part‹ war meine Aufgabe. Ich meldete mich bei Page Ground-Control: »Ready for Taxi IFR«, wir bekamen die Freigabe für die Startbahn 05, »Hold Short Runway 05 Contact Page on Frequency 119. 0.« Ich bestätigte die Anweisung, wir rollten zur Startbahn 05.

Tower: »N-2309KH Taxi into Position and hold.« Kurz darauf bekamen wir die Starterlaubnis, Bremsen los, im Nu waren wir in der Luft. Fort Myers Departure erteilte uns die Freigabe auf Flight Level 250 zu steigen und wir nahmen Kurs auf unseren ersten Way-Point Bimini. Der weitere Flugplan führte uns über Nassau, Stella Maris, Grand Turk VOR, direkt nach San Juan international (TJSJ). Der gesamte Flug verlief ohne Vorkommnisse, an Bord waren alle wohlgelaunt.

Ich meldete uns bei San Juan Approach, der Controller erteilte uns eine Freigabe für die Landebahn 08. Zehn Meilen vor Erreichen des Airports rastete ich die Frequenz von San Juan Tower in das Funkgerät, meldete unsere Position, ohne Verzögerung wurde uns die Landeerlaubnis erteilt. »Wind 240, 10 Knoten, clear to land.«

Holger legte eine perfekte Landung hin und rollte zu der zugewiesenen Park-Position. Da Puerto Rico US-Territorium ist, gibt es keine Zollformalitäten, Flüge aus den USA nach Puerto Rico sind Inlands Flüge.

Wir Männer versorgten das Flugzeug, die Frauen kümmerten sich schon mal um ein Taxi zum Rio-Mar-Resort. Die Fahrt vom Airport zum Hotel dauerte fast eine Stunde, da wir im

Stadtbereich San Juan in einem Stau steckten. Nach passieren des Staus fuhren wir zügig entlang der Küste zum nordöstlichen Teil der Insel. Rio Mar ist eine gepflegte Anlage mit Bungalows, Golfplatz, ein Luxus Hotel mit 5 Pools, 10 Restaurants, Tennisplätzen und ein Casino. Das Wetter zeigte sich von seiner besten Seite, 32°C im Schatten und das Meer war 29°C warm.

Inge und Anna waren von dem Resort total begeistert, »Wow«, sagte Anna, »Das sieht nach einem tollen Urlaub aus. Hier ist alles, was das Herz begehrt, man braucht nicht einmal das Resort zu verlassen.« Peter antwortete, »Ein Besuch des El Yunque National Forest ist obligatorisch, wenn man auf der Insel ist. Absolut sehenswert!«

Am nächsten Morgen verabschiedete ich mich von meinen Freunden, wünschte ihnen jede Menge Spaß. Ein Taxi stand schon vor dem Hotel und brachte mich zum Hafen von San Juan, wo das Forschungsschiff am Dock lag. Nach dem Einchecken traf ich auf dem Weg in meine Kabine Helmut in Begleitung von Professor Hachiro Asako. Es war ein herzlicher Empfang und es wurde gleich über die bevorstehende Forschungsreise gefachsimpelt. Helmut Lange unterbrach die Diskussion, sagte, »Michael mach dich erst einmal frisch, nachher treffen wir uns zum Lunch in der Schiffsmesse.« »Okay bis später.« Um 12 Uhr trafen sich die Teilnehmer in der Messe, der Expeditionsleiter stellte alle Wissenschaftler vor, erklärte den

Forschungsauftrag, welcher von den USA, Japan und den Europäern finanziert wird. Er verteilte die kommenden Aufgaben an die einzelnen Fachgruppen. Die ›Exploracion‹, so heißt das Schiff, wird um 16 Uhr ablegen. Bis zu unserem ersten Einsatzort, dem ›Puerto Rico Trench‹ brauchen wir voraussichtlich 9 Stunden.

Die Gruppe, aerobe/anaerobe Bakterien, bestand aus Professor Dr. Helmut Lange, seiner Assistentin Dr. Ria von Hohenstein, Prof. Hachiro Asako und mir.

Das Team um Professor Dr. Karl Mack von der Universität Oldenburg in Deutschland begann mit der ersten Exkursion der Expedition. Diese Gruppe beschäftigt sich mit Biodiversitäts- und Meeresforschung allgemein. Ihre Zielsetzung ist es, die

Erforschung der Biodiversität über verschiedene Organisationsstufen hinweg, von der Anpassungsfähigkeit von Organismen und ihren genetischen Grundlagen bis zur Rolle der Biodiversität im Ökosystem. Es sollten die evolutionären und ökologischen Prozesse näher untersucht werden. Voraussichtlich benötigen diese Untersuchungen zwei Tage.

Unser Team ist erst an Tag 6 vorgesehen. Geplant sind 2-3 Tauchgänge bis in eine Tiefe von 4000 Meter mit dem Tiefseetauchboot ›Nautica‹. Es ist bis zu einer Tauchtiefe von maximal 6000 Metern zugelassen. Den ersten Tauchgang werden Dr. Ria von Hohenstein und ich abwickeln. Die nächste Besatzung wird dann Helmut und Hachiro sein.

Gegen 16 Uhr legt die Exploracion vom Pier in San Juan ab, nimmt Kurs auf das erste Etappenziel, dem Puerto-Rico-Trench. Die See ist spiegelglatt, für diejenigen, welche immer am Beginn an Bord seekrank werden, sehr willkommen. Nach dem Abendessen in der Messe sitzen Besatzung sowie Wissenschaftler zusammen, besprechen die folgenden Einsätze der einzelnen Fachbereiche. Die Stimmung an Bord ist entspannt, jeder ist fokussiert auf die bevorstehenden Aufgaben. Wir sitzen bis in die späte Nacht in der Messe und planen die Details der wissenschaftlichen Experimente. Dr. Ria von Hohenstein, von allen nur ›Gräfin‹ genannt, wird das erste Mal mit einem Tauchschiff in die Tiefen des Porto-Rico-Trenchs mit mir zusammen tauchen. »Ich bin nervös, aber gleichzeitig gespannt, was da auf uns zukommt«, sagte sie. Ich antwortete ihr »Gräfin, keine Angst ich bin ja bei ihnen.« Der Blick aus ihren grünen Augen trafen mich wie der Giftpfeil eines Indios im brasilianischen Dschungel. »War nur Spaß«, sagte ich, dann fingen alle an zu lachen. Sie meinte, »Ich denke, wir werden das gemeinsam meistern und hoffe, wir gewinnen neue Erkenntnisse. Die Neugier auf das, was mich erwartet, ist größer als die Furcht, welche ich momentan verspüre.« »Dieses Gefühl kennt jeder von uns, das hatte ich auch vor meinem ersten Tauchgang«, sagte Hachiro Asako.

Am folgenden Tag hatte die ›Exploracion‹ ihre Position erreicht. Das Team um Prof. Dr. Karl Mack bereitete ihre

Experimente vor, jeder half bei den Arbeiten. Es ist Brauch, dass die Mitglieder der anderen Teams mit anpacken, um den Erfolg der Expedition zu gewährleisten. Jede Crew hilft sich gegenseitig, das schweißt ein Expeditionsteam zusammen.

Der Tauch-Roboter ›Deep-Sea‹ wird an den Galgen am Heck des Schiffes gehängt und langsam zu Wasser gelassen. Die Taucher der ›Exploracion‹ überprüften alle Verbindungen, bevor die ›Deep-Sea‹, ferngesteuert in der Tiefe verschwand. Die meisten Wissenschaftler sowie einige Mitglieder der Schiffscrew standen im Kontrollraum, verfolgten gespannt den Tauchgang der Deep-Sea. Langsam sinkt sie immer tiefer am Rand des steil abfallenden Riffes des Porto-Rico-Trenchs. Auf den Monitoren waren faszinierende Bilder der hochauflösenden Kamera zu beobachten. Mit zunehmender Tiefe wurde es immer dunkler, bis das letzte Licht es nicht mehr schaffte, das Ambiente auszuleuchten. Die Scheinwerfer wurden eingeschaltet, sie tauchten die nähere Umgebung in gespenstisches Licht. Langsam glitt der Tauchroboter in immer tiefere Regionen. Es änderten sich die Lebewesen, die Fische in der Dämmerzone haben eine besondere Tarntechnik entwickelt. Mit Leuchtorganen an ihrer Bauchseite passen sich der Beilfisch oder der Laternenfisch an das Dämmerlicht an. Ihre Körperkontur verschwindet fast völlig. Von unten gesehen sind sie für Fressfeinde nahezu unsichtbar.

Viele der Fische besitzen eine silbrig glänzende Haut, welche sie zusätzlich tarnt. Die Wissenschaftler sind begeistert, was sie an den Monitoren beobachten. Sie entdecken in einer Tiefe von 900 Metern einen Fisch, welcher auf seinem Kopf ein Organ wie eine Lampe trägt. Dr. Karl Mack erklärt »Der Laternenfisch hat die Fähigkeit, die Lichtstärke seiner Leuchtorgane an die Umgebung anzupassen, das hat man erst kürzlich herausgefunden.« Alle lauschten gespannt seinen Erklärungen, er fuhr fort, »In diesen Tiefen ist ein Großteil der Lebewesen der Dämmerzone inaktiv, hängt bewegungslos horizontal im Wasser, perfekt getarnt. In größeren Tiefen werden die Fische immer dunkler und ihre Leuchtorgane zunehmend kleiner, denn dort unten gibt es kein von oben einfallendes Licht mehr an das sie sich anpassen müssten. Die Fische in einer Tiefe von 1000 Metern haben meist gut ausgebildete, große Augen. Es wird davon ausgegangen, dass der Granatbarsch selbst in diesen Tiefen noch Sonnenlicht wahrnimmt. Die Sehorgane der Bewohner tieferer Regionen sind meist kleiner und zurückgebildet. Bei vielen Fischen der Tiefsee sind die Ohren ausgezeichnet entwickelt. Manche Arten verständigen sich durch Trommellaute. Der Grenadierfisch lockt damit die Weibchen an. Das Finden von Geschlechtspartnern ist ein Problem, mit dem alle Tiefseefische zu kämpfen haben. Die Dichte der einzelnen Arten ist gering. Es ist absolut dunkel und viele der Fische bewegen sich nur langsam. Das gegenseitige Erkennen mit den Leuchtorganen gestaltet sich schwierig, weil es in diesen Tiefen zahllose biolumineszente Tiere gibt. Eine Taktik besteht darin, potenzielle Partner anhand von Sexualhormonen, speziellen Duftstoffen zu erkennen.« Jeder der Anwesenden bewunderte den Enthusiasmus, mit dem Prof. Dr. Mack referierte.

Fuji Japan

Die ›HOSHI‹, ein Fischerboot mit 9 Mann Besatzung, ist vor drei Stunden zu den Fischgründen am Zenisu Ridge, circa 120 Nautische Meilen südlich von Fuji ausgelaufen. Die Mannschaft unter Kapitän Yuri und seinem ersten Offizier Taro hoffen auf einen lukrativen Fang. Die See ist fast unbewegt, die HOSHI macht gut Fahrt. Skipper Yuri informiert die Besatzung, dass sie in 5-6 Stunden die Fischgründe am Zenisu Ridge erreichen werden. Yuri und Taro stehen auf der Brücke, unterhalten sich über die Aussichten auf einen guten Fang in den vom Kapitän ausgesuchten Fanggrund. Yuri erklärte seinem 1. Offizier Taro, dass er in der Bar Yamada Sake Shop im Hafen von Fuji ein Gespräch mitgehört habe, wo die Besatzung von zwei Fischerbooten von enormen Fängen rund um die Zenisu Ridge berichteten. Sie prahlten damit, dass sie schon lange keine so hohen Fanganteile ausgezahlt bekommen hätten. Taro fragte Yuri, »Hast du eine Alternative, falls sich der Fanggrund als ein Flop herausstellt.« »Ja, in dieser Situation nehmen wir Kurs auf die Inseln Miyake-jima und Mikura-jima, an jener Stelle sind zwar die Fangaussichten nicht so hoch, aber von dort sind wir nie mit leeren Luken nach Hause gekommen.«

Die HOSHI stampfte mit 12 Knoten durch die jetzt 2 Meter hohe Dünung. Noch sind es etwa zwei Stunden, bis die Koordinaten erreicht sind. Dann beginnt für die Mannschaft der gefährliche Job auf dem Deck. Wer jetzt keine Wache hat, sitzt in der Messe oder liegt in seiner Koje. Es herrscht allgemein eine gewisse Spannung an Bord, denn vom Fang hängt direkt das Gehalt ab. Je umfangreicher dieser wird, desto größer der Verdienst jedes Seemanns. Gewinne werden unter der Mannschaft dem Rang entsprechend aufgeteilt. Es liegt an den Fähigkeiten und der Erfahrung des Kapitäns, wie erfolgreich er sein Schiff führt. Trotz Satelliten Technik, Sonar und moderner Navigation vertraut ein

Kapitän seinem Instinkt und manchmal Informationen von angetrunkenen Seeleuten in den Hafenkneipen, das ist oftmals hilfreicher als die moderne Technik.

Kapitän Yuri informiert die Crew über Lautsprecher, dass die Fanggründe in 20 Minuten erreicht werden, er bittet alle Besatzungsmitglieder auf ihre Posten, forderte jeden Einzelnen dazu auf, die Sicherheit nicht zu vernachlässigen, auf sich selbst und seine Kameraden zu achten. »Ich wünsche uns allen Erfolg.«

Stunden später, die Deck-Crew war damit beschäftigt, das prall gefüllte Netz einzuholen. Schwere Brecher fegten über das Vorschiff, die Seeleute hatten Mühe, sich auf dem stampfenden, schlingernden Schiff zu halten. Sie arbeiteten an der Grenze des Zumutbaren, hielten aber, das volle Netz vor Augen durch. Die Gischt schlug den Matrosen ins Gesicht, es schmerzte wie tausend Nadeln auf der Haut. Nach weiteren zehn Minuten harter Arbeit hatten sie es geschafft, das Netz war an Bord.

Die Laderäume der HOSHI waren bis zum Rand gefüllt, so einen Fang hatten sie schon seit Langem nicht mehr. Mannschaft und Kapitän Yuri waren hochzufrieden. »Dieser Erfolg wird nach unserer Ankunft gefeiert, die Rechnung bezahle ich«, sagte der Käpt'n. Die Besatzung jubelte. »Neuer Kurs 360 Grad befahl er dem Rudergänger, nach Hause!«

Die HOSHI war zirka zwei Stunden von ihrem Heimathafen entfernt, die Crew stand an Deck und beobachtete den Sonnenuntergang. Die See hatte sich beruhigt, alle an Bord freuten sich, mit reicher Beute im Hafen einzulaufen. Taro stand an der Reling, ohne jeden Übergang türmte sich das Meer wie eine riesige Wasserblase auf. Er rief erschreckt, »Was zum Teufel ist das, das sieht aus wie eine Seifenblase, die sich immer weiter ausdehnt.« Die Wasserwalze erreichte eine Höhe von 50 Meter, eine Länge von zwei Kilometer, unvermittelt platzte sie. Die Wassermassen stürzten zurück ins Meer. Die HOSHI schlingerte leicht, der Sonnenuntergang war das Letzte, was die Besatzung wahrnahm! Sekunden später waren sie alle tot.

Exploracion

Prof. Dr. Helmut Lange, Dr. Ria von Hohenstein, Prof. Hachiro Asako und ich waren mit den Vorbereitungen unseres Tauchganges beschäftigt. Ria und ich beabsichtigen, morgen früh zu tauchen. Wir bereiteten das Tauchboot vor, überprüften sämtliche Systeme auf ihre Funktionstüchtigkeit. Die Parameter waren alle im grünen Bereich, somit stand dem morgigen Tauchgang nichts im Weg.

Die Deep-Sea hing schon am Galgen der ›Exploracion‹, Dr. Ria von Hohenstein und ich wurden langsam auf die Meeresoberfläche abgesenkt.

Taucher der Schiffscrew, darunter Helmut Lange sowie Hachiro Asako begleiteten uns in ihren Tuchanzügen die ersten 10 Meter, dann blieben sie zurück. Wir überprüften ein weiteres Mal unsere Anzeigen. Luftversorgung, Druck alles im grünen Bereich der Anzeigen, wir gaben der Crew das Okay, uns vom Haken zu lassen.

Langsam sank unser Unterseeboot in die Tiefe, beim Blick nach oben sahen wir die Silhouetten der Begleittaucher, unten die Schwärze der Tiefsee.

›Tauchtiefe 100 m‹, allmählich glitt unser Tauchboot entlang des steilen Riffes, welches fast senkrecht in die Tiefe abfiel. Die Gräfin hatte schon die Scheinwerfer eingeschaltet, wir beide staunten über die Farbenvielfalt der Korallen und Fische, welche sich im Scheinwerferlicht präsentierten, immer wieder faszinierend. Dr. Ria von Hohenstein war beeindruckt, sie sprach kein Wort. Ich erkannte wie konzentriert sie ihre Umgebung in sich aufnahm.

Ich holte sie wieder in die Wirklichkeit zurück, indem ich mich nach den Anzeigewerten erkundigte, sie entschuldigte sich sofort: »Tiefe 800 m, Druck, Sauerstoffversorgung zeigen normale Werte.« »Danke« antwortete ich, »Ist dir aufgefallen, dass kein Licht mehr in diese Abgründe dringt?«

Im Scheinwerferlicht taucht direkt vor unserem Sichtfenster ein Riesen Kalmar aus der Schwärze der Tiefe auf. Ein stattliches Exemplar von circa drei Meter, seine Tentakel berühren das Glas des 20cm dicken Fensters, so als wolle er tasten, um was für ein Wesen es sich handelt, welches da vor ihm schwimmt. Wir beide sahen direkt in eines seiner Augen. Ria entfuhr ein erschrecktes Uuh, dann war das Tier wieder in der Dunkelheit entschwunden. Ich meinte: »Nur wenige Menschen haben jemals einen solch großen Kalmar zu Gesicht bekommen, wir zählen zu den wenigen.« »Ich bin überwältigt«, sagte Ria. Unser Radar zeigte 50 Meter bis Erreichen des Grundes, dort beabsichtigten wir Proben von den seit Millionen von Jahren abgelagerten Sedimentschichten zu entnehmen. Wir erhofften Hinweise auf die zunehmenden Schwefelwasserstoffausbrüche der vergangenen Monate zu bekommen. Von den letzten Ausbrüchen vor der Küste Japans wussten wir zu diesem Zeitpunkt nichts.

»Zwei Meter bis wir den Meeresboden erreichen«, hörte ich Ria sagen. Ein leichter Ruck, dann waren wir auf dem Grund. Eine Menge Staub hüllte uns ein, für einige Minuten waren wir blind, die Sicht gleich null.

Langsam legte sich die aufgewirbelte Staubwolke, wir beobachten angespannt unsere Umgebung. Selbst in 1100 Metern Tiefe waren bizarr aussehende Fische und andere Lebewesen zu sehen. Viele davon hatten ihre eigene Beleuchtung eingeschaltet, es wirke alles unwirklich auf uns. Ria war damit beschäftig mit den Greifarmen Musterexemplare aufzunehmen und in die Transportbehälter zu füllen, eine schwierige Arbeit. Ich notierte die genauen Positionen der Proben. Plötzlich fingen einige der

Instrumente an, gelb zu blinken. Wir beide waren sofort hellwach, versuchten herauszufinden, was die Ursache der Warnungen waren. Dann bemerkten wir ein leichtes vibrieren, welches an Intensität kontinuierlich zunahm. »Das sieht nach einem Seebeben aus, laut unserer Instrumente circa zehn Kilometer nördlich, wir sollten so schnell wie möglich von hier verschwinden«, sagte Ria mit zitternder Stimme. Gleichzeitig informierte ich die Crew über unsere Funkanlage, d. h., ich versuchte es, bekam aber keine Antwort. Das Beben wurde heftiger, wir waren in einer echten Notlage. Wir hatten keine Funkverbindung mit dem Schiff, so langsam wurde es ernst. Während wir unsere Emergency Checklisten durcharbeiteten, blinkten weitere Warnungen. Akustische Warnzeichen wiesen uns auf einen Abfall der Sauerstoffversorgung hin. Das ließ uns keine Wahl, wir waren gezwungen, das automatische Notauftauchen einzuleiten. »Noch immer keine Funkverbindung, was ist auf Deck der Exploracion los?« Fragte ich. Ria arbeitete fieberhaft die Checklisten ab, ich löste den Notschalter aus. Unser Tauchboot hob vom Boden ab, schwebte langsam der Oberfläche entgegen. Der Bordcomputer übernahm jetzt das Auftauchen, ließ uns wissen, dass wir 4 Stunden brauchen werden, um die Meeresoberfläche zu erreichen. »Na hoffentlich reicht unsere Zeit dafür aus, das Beben nimmt permanent zu«, meinte Ria. »Ja« sagte ich, »Wir können nichts dagegen unternehmen als Ruhe bewahren und möglichst wenig Sauerstoff zu verbrauchen«. Wir sind bei 900 Metern Tiefe und steigen mit 5 Meter/Min, bis zur Oberfläche brauchen wir knappe 3 Stunden. Die Automatik regelt das Notauftauchen, für uns bleibt nichts, außer zu beobachten, was sich im Scheinwerferkegel so abspielt. Ich sah Ria in die Augen, darin spiegelte sich pure Panik, ich versuchte sie abzulenken, indem ich sie mit vollkommen unnützen Aufgaben beschäftigte. Aber als wir von heftigen Turbulenzen in unserer Kapsel hin und her geworfen wurden, half das auch nichts mehr. Ihr Gesicht war von Angst gezeichnet, mir erging es nicht anders. Wir hofften auf ein Wunder. Momentan sah es nicht danach aus! Die Instrumente zeigten einen deutlichen Anstieg von Schwefelwasserstoff in der nahen Umgebung an. Der angezeigte Wert lag bei 4000-5000 ppm, solche Konzentrationen sind schon in kleinsten Mengen für Mensch und Tier in Sekunden tödlich. Obwohl wir angeschnallt waren, wurden wir in unseren Sitzen kräftig durchgeschüttelt. Ohne Sicherheitsgurte wären wir sicherlich schon nicht mehr am Leben. Ria deutete in die Tiefe, da sah ich es, der Porto-Rico-Trench war in einer Länge von zwei Kilometern aufgerissen, es strömte rotglühende Lava aus. »Hoffentlich sind die Ausbrüche nicht so heftig, dass sie bis zu uns geschleudert werden«. »Ja, das hoffe ich auch«, sagte Ria mit zitternder Stimme. Ich dachte: »Gleich bei ihrem ersten Tauchgang muss sie einen Unterwasservulkanausbruch miterleben, das ist nicht fair.«

Ein heftiger Stoß traf unser Tauchboot, es wurde um seine Achse gewirbelt. Aus dem Augenwinkel sah ich, wie Ria aus ihrem Sitz gerissen wurde, sie prallte mit ihrem Kopf gegen das Hauptsicherungspanel, verlor sofort das Bewusstsein. Die nächsten Beben wirbelten das Tauchboot wie einen Spielball durchs Wasser, etwas traf meinen Kopf, ein durchdringender Schmerz, ich wurde ohnmächtig.

San Juan

In meinem Kopf dröhnte und hämmerte es, ich wagte nicht, die Augen zu öffnen. Ein grelles Licht veranlasste mich, sie wieder zu schließen. Langsam öffnete ich sie erneut, und realisierte, ich befinde mich in einem Krankenbett. »Wie fühlen sie sich?«, hörte ich eine Stimme. »Mein Name ist Dr. Rodriguez, das hier ist meine Assistentin Dr. Elsa Martínez. Sie sind im Hospital in San Juan. Sie haben wie durch ein Wunder die Katastrophe überlebt, zusammen mit ihrer Kollegin wurden sie mit dem Rettungshubschrauber bei uns eingeliefert. Sie waren für drei Tage im Koma.

Es wird einige Zeit dauern, bis sie beide vollständig wieder hergestellt sind. Ihre Kollegin wird allerdings etwas länger brauchen, bis sie aus dem künstlichen Koma aufwacht.« »Was ist mit der Besatzung der Exploracion?« Wünschte ich zu wissen. »Nicht alles auf einmal«, sagte Dr. Rodriguez, »Das werden ihnen ihre Freunde berichten, die warten voller Ungeduld, dass ich sie zu ihnen lasse. Sie brauchen einen weiteren Tag der Ruhe. Morgen werden wir entscheiden, ob sie schon in der Lage sein werden, dass sie Besuch empfangen können. So, wir überlassen sie jetzt der Obhut unseres Pflegepersonals, wir sehen uns morgen in der Frühe.« Dr. Rodriguez entschwand mit seinem Gefolge aus dem Zimmer. Ich war wieder alleine und versuchte, mich zu erinnern, was geschehen war, es gelang mir nicht!

Am nächsten Morgen erschien Dr. Rodriguez wieder mit seiner Eskorte zur Visite. »Wie ist das Befinden heute?« Fragte er. »Besser als gestern«, sagte ich. »Wie ist der Zustand von Dr. Ria von Hohenstein?« Wollte ich von Dr. Rodriquez wissen. »Sie ist wieder bei Bewusstsein und erholt sich erstaunlich rasch. Ein bis zwei Tage Ruhe, dann können sie Dr. Hohenstein besuchen.« »Jetzt die nächste gute Nachricht, ihre Freunde haben sich für heute Nachmittag angekündigt, mein Okay haben sie!«

14:30 Uhr, es klopfte an der Tür. Peter, Inge, Holger und Anna lugten durch den Türspalt, »Kommt rein, Mann wie ich mich freue, euch zu sehen.« Holger kullerten einige Tränen die Wangen herunter. »Was sind wir froh, dich wieder gesund und munter zu sehen.« Sie hockten sich um mein Krankenlager herum. »Was ist passiert? Fragte ich, kann mich an so gut wie nichts erinnern.« Peter ergriff das Wort und fing an zu erzählen: »Womit soll ich anfangen? Nach dem Ausbruch des Unterwasservulkans wurde die ›Exploracion‹ so schwer beschädigt, dass sie sank. Der Kapitän sendete einen ›SOS‹ Funkspruch, bevor er mit dem Forschungsschiff unterging. Es wurde von den Behörden sofort eine Rettungsaktion gestartet. Es beteiligten sich zahlreiche Schiffe der US-Marine an der Suche. Dazu waren vier Rettungshubschrauber des Küstenschutzes im Einsatz. Einer der Hubschrauber entdeckte nach etlichen Stunden der Suche das Tauchboot in der aufgewühlten

See. Das Bergen der schwerbeschädigten Tauchkapsel gestaltete sich schwierig. Niemand hatte zu diesem Zeitpunkt Kenntnis, wie euer Zustand war, man wollte kein Risiko bei der Bergung eingehen. Mit einem Helikopter wurde die Kapsel geborgen und nach San Juan transportiert, dort hat man euch beide aus dem zerbeulten Gehäuse befreit und sofort hier ins Hospital geflogen.« Holger ergriff das Wort, er erzählte mir, dass in weiten Teilen der südlichen Karibik alles Leben ausgelöscht wurde. Die Dominikanische Republik, besonders die Küstenregion um Punta Cana seien betroffen. Es existiert keine Lebensform mehr, Menschen, Tiere, Pflanzen, sowie Bäumehaben nicht überlebt. Es wurden hohe Konzentrationen von Schwefelwasserstoff von 5000+

ppm (Parts per Million) nachgewiesen, tödlich für Mensch und Tier in nur wenigen Sekunden. »Das ist schrecklich«, sagte ich, »Was sind die Reaktionen der Regierung«? »In einem offiziellen Statement wurde die Bevölkerung über die Ereignisse informiert und zur Ruhe und Besonnenheit aufgerufen. Es wurde behauptet, es wäre ein einmaliges Naturphänomen und es sei alles unter Kontrolle. Es wurden keine Bilder aus der betroffenen Region gezeigt, wie sonst bei medienwirksamen Ereignissen dieser Art. TV und Presse hält sich mit Berichten zurück, es wird alles zensiert.« »Ein Skandal«, sagte ich. »Die Regierungen weltweit versuchen, die existenzbedrohende Wahrheit vor der Bevölkerung zu verheimlichen. Ich frage mich was dahinter steckt? Was bezwecken sie damit, es betrifft die gesamte Menschheit. Nur gemeinsam ist es möglich, die Katastrophe zu verhindern. Die Weltbevölkerung muss informiert und sensibilisiert werden.« »Das funktioniert aber nur, wenn man sie mit der Wahrheit konfrontiert«, sagte Peter Bushgard. »Schon seit Jahren werden die Warnungen ignoriert und als Panikmache abgestempelt. Wir haben die Verpflichtung, diesen Zustand des Schweigens zu stoppen.« »Jetzt lasst uns warten bis du wieder völlig gesund bist damit wir den Rückflug planen können«, meinte Peter, alle nickten.

Dr. Rodriguez beendete die Besuchszeit mit der Begründung, er müsse einige Test und ein MRI meines Gehirns erstellen, um sicher zu sein, dass nichts von der kostbaren Gehirnmasse bleibenden Schaden erlitten hat. Alle lachten lauthals, ich fand das gar nicht lustig. Wir verabschiedeten uns, Inge und Anna drückten mir einen Kuss auf die Stirn, dann bis morgen!

Am darauffolgenden Tag gestattet man mir Ria besuchen, Sie hatte es deutlich schwerer getroffen. Mit einem dicken Kopfverband saß sie in einem Sessel neben ihrem Krankenbett und lächelte mich an. »Erfreulich, dich froh und munter zu sehen. Wir hatten beide riesiges Glück«, sagte ich. »Du schaust allerliebst aus mit deinem Turban.« »So kann ich unmöglich unter die Leute, mit diesem ›Teil‹ auf meinem Kopf«, sie schaute mich mit trotzigem Gesicht an. »Na, soo abscheulich sieht er nicht aus, ich werde ihn bemalen«. Der Blick, der Stahlplatten durchdringt, traf mich voll. »Okay war nur Spaß, der Doktor sagt, einer Entlassung steht nichts im Wege. Wir haben grünes Licht, morgen früh das Hospital verlassen. Unsere zerebralen Denkmodule haben keinen sichtbaren Schaden erlitten«. Ria fragte mich, was denn passiert sei. Mir fehlt jede Erinnerung an das Geschehene, außer, dass wir in unserem Tauchboot heftig durchgeschüttelt wurden und an den schmerzhaften Stoß mit meinem Kopf an die Decke, daraufhin wurde es dunkel. Ich erzählte, was Peter mir mitgeteilt hatte. Ria saß für etliche Minuten fassungslos in ihrem Sessel. »Ist dies das Ende«? Es liefen Tränen ihre Wangen herunter, ich nahm sie in meine Arme und versuchte, sie zu trösten.

»Noch ist es nicht zu spät, aber die Zeit ist nicht auf unserer Seite. Es ist zwingend nötig, eine Strategie zu entwickeln, wie der Prozess, der austretenden Schwefelwasserstoffe gestoppt werden kann! Zuerst muss die Menschheit aufgeklärt werden, denn es bedarf der Mitarbeit aller, sonst ist es wirklich das Ende.«

»Peter wird uns morgen früh hier abholen, anschließend fliegen wir nach Florida. Ich möchte, dass du uns begleitest, bei mir zu Hause ist genügend Platz. Oder reist du direkt nach Deutschland zurück?« »Nein, das ist lieb, dass ich bei dir bleiben kann. In old Germany wartet nur Arbeit auf mich. Um Schloss Hohenstein brauche ich mir keine Sorgen zu machen, die

Verwalterin hat das alles im Griff.« »Dann rufe ich jetzt Peter an und teile ihm mit, dass wir einen Passagier mehr haben, es wird ihn freuen und mich ganz besonders!«

Pünktlich um 9 Uhr wurden die Gräfin und ich vor dem Hospital abgeholt. Meine Freunde begrüßten Ria ganz herzlich, als wenn sie schon ewig zu unserer Truppe gehören würde. Es freute mich riesig, dass Ria so selbstverständlich aufgenommen wurde!
Kurz zuvor hatten wir uns von den Ärzten und dem Pflegepersonal verabschiedet. Wir bedankten uns für ihre fürsorgliche Betreuung.
Auf dem Weg zum Airport sahen wir Einsatzfahrzeuge des Roten Kreuzes zerstörte Häuser durchsuchen. Anna sah Rias fragenden Blick und erklärte ihr, dass hier viele Tote zu

beklagen sind, vor allem Menschen in Küstennähe. Ein enormer Ostwind hatte das ausströmende tödliche Gas den flachen nördlichen Küstenstreifen westlich getrieben, das dauerte nur wenige Minuten. Es reichte aber, um viele tausende Menschen und Tiere zu töten. Wir hatten Glück, denn wir waren zu diesem Zeitpunkt in El Yunque. Bis in diese Höhe konnte die Giftgaswolke nicht aufsteigen. Wie gesagt, wir hatten mal wieder Glück. »Ja«, sagte Peter, »Da Schwefelwasserstoff schwerer als Luft ist, wird er nicht in größere Höhen transportiert, es sei denn, die Wolke wird durch Aufwinde dorthin getragen. Durch das spezifische Gewicht fällt das Gas bald wieder aus und zurück auf die Erde. Es wird Zeit, dass wir etwas unternehmen.«

Ein jeder hing seinen Gedanken nach, nur unser Taxifahrer redete ununterbrochen. Meine Kenntnisse der spanischen Sprache reichten nicht aus, zu verstehen, was er uns erzählte.

Am Airport von San Juan angekommen befassten Peter und ich uns mit den üblichen Flugvorbereitungen. Ich erledigte die Außenkontrolle, innerhalb einer Stunde waren wir bereit für den Abflug. Die Route führte über Grand Turk Island, North Caicos, Stella Maris und Nassau nach Florida. Unsere Gesamtflugzeit beträgt 5 Std. und eine Minute. Bilderbuch-Wetter, auf der gesamten Strecke keine Wolken zu sehen, die Sicht ist klar. Die Inseln sahen von oben aus, wie auf eine Schnur aufgereiht und ist phänomenal anzuschauen. Die Arbeitsbelastungen im Cockpit waren momentan minimal, der Auto-Pilot spulte seine eingegebene Route ab. Wir überwachten den Flugplan, kümmerten uns um den Funkverkehr. Wir meldeten das Passieren der Pflichtmeldepunkte, es war ein vollkommen stressfreier Flug. Alles schien normal, vor Erreichen der Defense Area (US ADIZ) wurden wir von zwei F-18 Super Hornets der US-Navy abgefangen. Einer heftete sich an unsere linke Seite, der andere an die Rechte, sie forderten uns unmissverständlich auf, ihnen zu folgen. Peter wackelte mit den Tragflächen zur Bestätigung. Er sagte zu mir, »Was soll das denn bedeuten, wir haben doch alles den Vorschriften entsprechend getätigt. Verstehst du das?« »Nein! Es ist zwecklos, nach dem Grund zu fragen. Wir werden hoffentlich, nachdem wir gelandet sind den Anlass erfahren.« Die Jets passten sich unserer Geschwindigkeit an, nannten die Funkfrequenz, den zu steuernden Kurs zur Homestead-Airbase. Wir schalteten die Frequenz von Approach und bekamen Lande Anweisungen. Die beiden F-18 leiteten den Sinkflug ein, wir folgten ihnen. Kurze Zeit später landeten wir auf der Landebahn 06 und wurden vom Tower gebeten, die Frequenz von Homestead Bodenkontrolle zu rufen, wir rasteten das Funkgerät mit der Frequenz 121.75 und meldeten uns bei Ground. Wir bekamen Rollanweisung über Taxiway DELTA, PAPA bis zur Base Operation zu rollen. An der Parkposition angekommen wurden wir von Militärpersonal empfangen, sie standen neben dem Flugzeug und warteten, bis wir ausgestiegen waren.

»Mein Name ist Major Rob Willson, ich habe den Auftrag vom Präsidenten, sie zu einer dringenden Konferenz zu begleiten. Eine Maschine der Flugstaffel der Regierung wird in Kürze landen und uns alle zu einem geheimen Ort fliegen.«

»Ich bin Professor Michael Strom, das sind meine Begleiter Dr. Peter Bushgard, seine Frau Inge, Holger Strass, seine Frau Anna und dies ist Dr. Ria von Hohenstein. Dürften wir erfahren, was der Grund ist, dass sie uns am Weiterflug hindern?« »Ich bin nicht befugt, Auskunft zu geben. Nähre Einzelheiten erhalten sie bei Ankunft im Konferenz-Center. Wenn sie mir bitte folgen, wir müssen nicht hier draußen stehen, in unserer Offiziersmesse ist es gemütlicher.« Wir folgten dem Major in die Messe, er führte uns zu einem der Tische und wir nahmen Platz. Major Willson versicherte Peter, dass die PC12 in einen der Hangars geschleppt wird und er persönlich dafür bürgt, dass sein Wartungspersonal sich um das Flugzeug kümmert, bis wir wieder hier sind. »Das ist aber nett«, meinte Peter mit leicht säuerlicher Miene. Eine Boeing 737-800 landete soeben, Major Willson sagte, »Sie dürfen sich Zeit lassen mit ihrem Kaffee, es dauert eine Weile, bis wir mit dem Boarding anfangen.« Er verließ die Messe und meinte, in 30 Minuten wird das Flugzeug betankt und für den Rückflug klar sein, schon war er durch die Tür verschwunden. Wir waren aber keineswegs alleine, es stand immer ein Soldat nahe der Tür. Peter augenzwinkernd, »Nicht im Geringsten trauen sie uns, was bloß dahinter steckt.«

Der Regierungsflieger parkte keine 50 Meter von der Base Operation entfernt und wir sahen zu, wie die Mechaniker die B-737 für den Abflug vorbereiteten. 5 Minuten später holte uns Major Willson ab, »Wir sind jetzt zum Einsteigen bereit, bitte folgen sie mir.« Wir trabten im Gänsemarsch hinter ihm her, betraten über die ausgefahrene vordere Passagiertreppe die Boeing. »Alle Wetter« entfuhr es Ria von Hohenstein, »Die wissen, wie man mit Stil reist.« Das Interieur war vom feinsten. Ledersitzgruppen, eine Schlafcouch, zwei Reihen First Class Sitze, dahinter eine Bar, davor standen 3 Flugbegleiter, welche uns herzlich begrüßten und zu unseren Plätzen begleiteten. Einer der Stewards erklärte die Sicherheitsvorschriften, »Nähere Informationen finden sie in ihren Seitentaschen.« Nach dem Erreichen der Reiseflughöhe werden wir ihnen eine Mahlzeit servieren, die Speisekarten finden sie in ihren Sitztaschen. Wir sind in zwei Minuten startbereit, meldete sich der Kapitän aus dem Cockpit. Ein Flugbegleiter vergewisserte sich, dass wir alle angeschnallt waren, als ob wir das nicht selber wüssten. Okay, Vorschrift ist Vorschrift, gerade beim Militär. Die Boeing B-737 beschleunigte und hob von der Startbahn ab. Kaum waren wir in der Luft, da wurden alle Fenster verdunkelt. »Na sauber«, sagte ich zu meinen Freunden, »Ich hatte nichts anderes erwartet. Genießen wir den Flug.« Ria schaute mich aus ihren grünen Augen fragend an, sagte: »Was hat man mit uns vor?« »Ich vermute, die Obrigkeit bekommt kalte Füße, jetzt brauchen sie die Wissenschaftler, wir werden sehen!«

Das Essen wurde serviert, Vorspeise: Geräuchertes Forellen Tatar auf Blattspinat. Hauptspeise zarter Rehrücken an einer Rotweinreduktion mit einem Semmelknödel sowie Rotkohl. Das Dessert war eine köstliche Amarettomousse mit Zimtpflaumen. Eine Käseplatte fehlte auch nicht. »So lasse ich mir das gefallen«, sagte Holger, winkte einen der Stuarts herbei, bestellte sich einen Baileys Liquor zu seinem Kaffee. Wie auf Kommando hoben sich die Arme von Anna, Peter, Inge, Ria, auch ich schloss mich der Bestellung an. Der

Kapitän meldete sich über Interkom und ließ uns wissen, dass die restliche Flugzeit zu unserer Destination 3:02 Std. betragen wird. Ich rechnete zusammen, 45 Minuten sind wir in der Luft, somit haben wir eine Reisezeit von 3:47 Min.

Peter guckte zu mir rüber, fragte leise, »Du hast doch in deinem Flight Kit die USA IFR Karten?« »Glaube ja«. Ich war sofort im Bilde, worauf er abzielte. Eine Boeing 737-800 hat eine Cruise Speed von circa 450 Knoten/Stunde. In 3:47 Min legt sie eine Strecke von +- 1450 Nautischen Meilen zurück. Ich brauchte demnach nur in meiner Karte einen Radius von 1450 Meilen von unserem bekannten Abflugort (Homestead ARB) mit einem Zirkel ziehen, auf dieser Linie sollte dann der Zielflugplatz zu finden sein. Vermutlich fliegen wir in nördlicher Richtung, nach Süden ergibt keinen Sinn! Innerhalb des Kreises waren: New Mexico, Colorado, Nebraska Minnesota und Wisconsin. Weiter im Norden liegt schon Ontario Kanada, das schließe ich aus. Somit bleiben NM, COL, NEB, MIN und WI. Die größte wahrscheinliche Stadt ist Denver, ich zeigte es Peter, der nickte mit dem Kopf und wisperte, ›*Cheyenne Mountain*‹. Na klar, das liegt auf der Hand. Wir landen voraussichtlich auf der Butts AAF (Fort Carson). Von dort sind es nur circa 14 Meilen mit dem Auto zur Cheyenne Mountain-Air-Force-Station. Diese liegt tief im Berg und wird schwer bewacht. Die Öffentlichkeit ist nicht informiert, was sich dort verbirgt, nur jede Menge Vermutungen und Gerüchte. Das ergibt Sinn, dorthin werden wir gebracht. Ich flüsterte Peter meine Annahme zu, er bestätigte mit einem Kopfnicken.

In den Katakomben

»Die Triebwerksgeräusche ändern sich, die B-737 verlässt ihre Reiseflughöhe, initiiert den Sinkflug«, sagte Peter. Die Cockpitcrew meldete sich und bestätigte genau das. »Wir haben mit unserem Landeanflug begonnen, die Landung erfolgt in 20 Minuten«. Kurze Zeit später leuchteten die Fasten Seatbelt Zeichen auf, die Stuarts räumten die restlichen Tassen sowie die Gläser ab und checkten, dass wir angeschnallt waren. »Landung in 5 Minuten«, kam die Anweisung über die Lautsprecher.

Eine kaum merkliche Erschütterung signalisierte,

dass wir gelandet waren. Die Thrust Reverser öffneten sich, der Flieger bremste ab, rollte langsam zu seiner Parkposition. Die Triebwerke wurden abgeschaltet. »Bitte bleiben sie auf ihren Plätzen, der Bus ist noch nicht auf dem Vorfeld.« Jetzt wurde die vordere Einstiegstür geöffnet, die Treppe ausgefahren, wir verliessen das Flugzeug. Die Crew wünschte uns einen angenehmen Aufenthalt.

Beim Aussteigen war nicht zu erkennen, wo wir uns befanden, die Sicht war immer von Fahrzeugen oder Flugzeugen blockiert. Das war geschickt inszeniert. Vier bewaffnete Militärs geleiteten uns zu einem bereitstehenden Bus. Die Fenster waren verdunkelt, kaum hatten wir Platz genommen, setzte sich der Bus in Bewegung. Die vier Soldaten sassen an den Türen und vermieden jeden Blickkontakt. Die Sicht nach vorne blieb uns verwehrt, denn eine Schutzwand hinter dem Fahrer versperrte den Blick.

Nach 10-minütiger Fahrzeit änderte sich der Geräuschpegel, offensichtlich hatte der Bus die Straße verlassen, fuhr in einen Tunnel ein. So klang es zumindest für uns. Kurze Zeit später hielt er an. Die vordere Tür wurde geöffnet, man forderte uns auf auszusteigen. Das Erste, was wir realisierten, der Bus parkte in einem taghell beleuchteten Gewölbe.

Wir wurden auf drei E-Fahrzeuge, Golf-Cart gleich, verfrachtet. Keiner der Uniformierten trug Rangabzeichen und nicht einer sprach ein Wort. Peter schüttelte mit dem Kopf, zu mir gewandt, sagte er laut, damit es jeder hörte, »Was für ein herzlicher Empfang!« Keiner reagierte darauf. Der Golf Cart Konvoi fuhr mit hoher Geschwindigkeit durch ein Tunnelsystem. Ich versuchte, mir zu merken wie viele Male wir die Richtung wechselten. Es war nicht zu übersehen, dass der Konvoi sich kontinuierlich abwärts bewegte. Mehrmals hielten wir vor bewachten Stahltüren. Die Fahrer zeigten ihre Ausweise, die Stahltore öffneten sich, wir durften passieren. Nach 40 Minuten Fahrzeit stoppten wir in einem kreisrunden Saal, zirka 40 Meter im Durchmesser, die Kuppeldecke war mindestens 15 Meter hoch. 12 Tunnel zweigten sternförmig ab. Sie waren mit Nummern versehen und farblich gekennzeichnet. An der gegenüberliegenden Seite waren Glastüren, wie bei einer Zubringer-Bahn auf den großen

Flughäfen. Genau dorthin lotste man uns. Holger zu mir gewandt: »Irgendetwas hat man mit uns vor! Keiner sagt etwas.« »Da stimmt was nicht, beachtet mal ihre Bewegungen, hat was Roboterhaftes an sich, oder?« »Ja das ist suspekt«, meldete sich Peter zu Wort: »40 Minuten ständig abwärts und das mit einer geschätzten Geschwindigkeit von 30 Meilen. Das deutet auf ein riesiges unterirdisches System hin.« »Trefflich beobachtet«, flüsterte ich, »Bin gespannt, welche Überraschungen noch folgen.«

Diese ließen nicht lange auf sich warten, drei der Türen, vor denen wir standen, öffneten automatisch. Wir schauten in eine Passagier-Kabine für 2-3 Personen. Ria und ich wurden in die Erste gedrängt. Familie Bushgard in die Zweite, Hanna und Holger Strass in die Dritte. Kaum eingestiegen, schlossen sich die Türen mit einem zischenden Geräusch. Der Durchmesser der Kabine war kreisrund, zwei Meter lang mit bequemen Sitzen. An der vorderen Wand befand sich ein Monitor. Darauf waren Anweisungen und Verhaltensregeln aufgelistet, welche in Notsituationen zu beachten sind. Jetzt änderte sich das Bild der Anzeige, »Bitte verweilen sie in ihren Sitzen, bis die Endgeschwindigkeit erreicht ist. Diese beträgt 372 Meilen/Std. Die Fahrzeit bis zu ihrer Destination wird 32 Minuten betragen«. Das Display wechselte, es erschien ein Countdown 10,9,8 ... Mit einer enormen Beschleunigung setzte sich das Vehikel in Bewegung. Ria entfuhr ein »Wow, das ist ja wie ein Raketenstart!«

Die Monitoranzeige zeigte die momentane Geschwindigkeit an, 100 km/h, 200 km/h. Nach einer Minute hatten wir 600 km/h erreicht. Meine grauen Zellen arbeiten, kamen zu dem Ergebnis, das sind 166,66 m/sec, exzellente Werte. »Wer oder besser was ist hier am Werk?«

Ria sass in ihrem Sitz, war in Gedanken versunken. Mir erging es nicht anders. War die Einladung nur ein Vorwand? Oder gar eine Entführung. Bei mir kamen Zweifel auf. In meinem Oberstübchen fingen leise an Glöckchen zu läuten. Ich schreckte auf, die Kabine wurde langsamer und hielt an. Es waren circa 30 Minuten vergangen, seit wir die U-Bahn bestiegen hatten. Die Türen öffneten sich, wir beide wurden mit Gesten aufgefordert auszusteigen. Die ›freundlichen Sprachlosen‹

Uniformierten ließen keinen Zweifel, ihrer Aufforderung zu folgen. Wir folgten. Ria schüttelte zornig ihren Schopf. Sie war kurz vor dem Explodieren, und im Begriff ihrem Unmut Luft zu verschaffen. Mit einer kleinen Handbewegung konnte ich das verhindern, leise flüsternd sagte ich zu ihr, »Wir sollten vorsichtig sein, denn ich glaube nicht an eine Einladung. Das ist eine Entführung.« Unsere Freunde waren auch nirgendwo zu sehen, wir standen alleine in dem Tunnel, bewacht von zwei Uniformierten. Offensichtlich wurden wir getrennt, es war höchste Vorsicht geboten. Die beiden bewaffneten Soldaten drängten uns in einen der Seitengänge, einer vorne und einer hinten. Sie deuten auf eines an der Seite parkenden Elektroautos, welches wir besteigen sollten. Kaum hatten wir Platz genommen, setzte sich das E-Auto in Bewegung, fuhr in den unterirdischen Gang. Die Beleuchtung schaltete sich automatisch vor dem Fahrzeug an und erlosch nach einigen Sekunden hinter uns. Die Alarmglocken in meinem Kopf schrillten immer lauter. Ich überlegte, was ich unternehmen könnte, es fiel mir aber nichts ein.

Der Weg führte an zahllosen Subwaysystemen vorbei. In einer riesigen Halle hielten wir an. Man zwang uns, auszusteigen, deutete die Richtung an, in welche wir uns bewegen sollten. Zu meinem Entsetzen erhaschte ich einen Blick in eine fahl beleuchtete Halle, was ich dort sah, ließ mich erschauern. Die Tür stand einen Spalt weit offen, ich erkannte zehn oder zwölf mit Flüssigkeit gefüllte

Glasbehälter, in denen sich Menschen befanden, waren das menschliche Wesen oder Klone? Diese waren, soweit ich es in dem kurzen Augenblick erkennen konnte, an Schläuche und Kabel angeschlossen. Ein grauenhafter Anblick. Ria hat davon nichts mitbekommen und das war gut so. Es reichte, was ich gesehen hatte. Mein Alarmsystem reagierte sofort, mir war klar, wir mussten verschwinden, aber wie?

Wir zweigten in einen Gang ab, der vor uns laufende Bewacher blieb abrupt stehen, der hintere kippte seitlich um und schlug mit seinem Kopf gegen die Wand. Sofort erkannte ich die Situation, das waren keine Soldaten, das waren künstliche Menschen. Meine Vermutung bewahrheitete sich, wir wurden seit betreten des Cheyenne Mountain Gates von Androiden bewacht und geführt. Jetzt kam uns der Zufall zu Hilfe, diese verdammtem Maschinen hatten eine Fehlfunktion, die galt es so schnell wie möglich auszunutzen. Ich entwaffnete die beiden Roboter, schlug mit dem Kolben der Waffe auf deren Schädel ein, es zischte kurz, aus den Augenhöhlen züngelten kleine Flammen. Ria stand an die Wand gelehnt, sah mich mit ihren großen Augen an, ihre Lippen zitterten, sie brachte aber kein Wort heraus. Ich nahm sie an der Hand und sagte, »Wir verschwinden von hier, los komm schnell, bevor man die beiden findet, womöglich ist deren Ausfall schon bemerkt worden.« Wir kaperten den E-Wagen und fuhren weiter in den Tunnel. Wir kamen zu einer Kreuzung, ich bog nach links in einen nur spärlich beleuchteten Gang. Es wurde dunkler, der

Stollen immer enger. Es wurde so eng, dass wir mit dem Wagen nicht weiter kamen, er passte nicht mehr durch den Gang. Es war aber genug Platz, damit wir aufrecht stehen konnten. Der Gang roch immer muffiger, wir hatten Mühe zu atmen. Ausgepumpt, Ria nahezu am Ende ihrer Kräfte machten wir zunächst einmal eine Pause. Wir hockten uns an die Wand gelehnt auf den Boden, beratschlagten unsere Situation. Ich erzählte ihr von dem, was ich durch die halboffene Tür gesehen hatte. Ria war erschüttert, fragte, »Was denkst du, sollen wir unternehmen?« »Vor allem versuchen, aus diesem unterirdischen Labyrinth zu entkommen, wenn es sein muss mit Gewalt.« Die erbeuteten Waffen waren mir ungekannt, sie waren extrem leicht, lagen gut in der Hand. Keine

Magazine für Munition waren vorhanden, wie sollen diese Dinger funktionieren?, grübelte ich. Ein Schuss in die Decke überzeugte mich von der Wirksamkeit, ein circa 1 Meter grosses Loch war in die Firste gebrannt. Diese Handfeuerwaffe war vollkommen geräuschlos. Ria sagte, »Diese Waffe ist nicht von Menschen gefertigt, das ist von einer uns unbekannten Rasse. Die Roboter deuten ebenfalls darauf hin. Was zum Teufel geht hier vor?« »Zumindest nichts Gutes«, antwortete ich. »Komm, lass uns weiter gehen, wir dürfen uns nicht zu lange hier aufhalten.« Immer tiefer führte der Tunnel hinab, wir erreichten eine Gabelung, entschieden uns für den Weg nach links. Wie die anderen war dieser unterirdische Gang nur durch eine Notbeleuchtung erhellt. Eine geschlossenen

Tür versperrt unser weitergehen, vorsichtig drückte ich dagegen, sie ließ sich öffnen. Der Raum dahinter war circa 30 x 30 Meter groß und mit Lebensmitteln aller Art bis zur Decke vollgestopft. »Das nenne ich aber ausgesprochenes Glück«, sagte Ria. »Zumindest werden wir nicht verhungern.« »Ja, lass uns schauen, was es Leckeres gibt, ich bekomme langsam Hunger.« Die Nahrungsmittel waren alle über Jahre haltbar und Wasser war ebenso vorrätig. Wir öffneten einige Kisten mit Brot und Wurst, ließen es uns schmecken. Ein paar Müsliriegel wurden als Notproviant eingepackt, dann begaben wir uns auf den Weg. Zur Sicherheit, um das Lager wiederzufinden, markierte ich die Gänge mit möglichst unauffälligen Zeichen, wann immer wir in einen anderen Tunnel wechselten. Den Lagerplatz müssen wir auf alle Fälle wiederfinden, wollen wir nicht verhungern. Ria fragte nach einer Weile: »Was suchen wir denn eigentlich?« »Einen Ausgang«, antwortete ich. »Die Gänge führen allesamt in die Tiefe, anstatt aufwärts. Es muss doch einen Weg hinaus geben, Okay, suchen wir weiter.«

Der Gang bog nach rechts ab, wir standen vor einer Leiter, sie führte nach oben. Der Tunnel war kreisrund und es passte nur einer von uns hindurch. Der Schacht war stockdunkel, wie weit er nach oben führte, war nicht zu erkennen. »Traust du dir das zu, hinauf zu klettern«, fragte ich Ria. »Na klar, bin doch kein Angsthase.« Wir kletterten Sprosse um Sprosse die Leiter aufwärts. Eine

Etage höher gab es eine Abzweigung in einen breiten Schacht. »Wollen wir den Tunnel erkunden, oder die Sprossenleiter weiter nach oben erklimmen«? »Lass uns den Schacht nehmen, ich spüre meine Beine nicht mehr vom Klettern, sagte Ria.«

Der Tunnel, in dem wir uns befanden, war anders als die vorherigen. Es war ein 50 Meter langer Gang mit jeweils fünf Türen je Seite. Ich öffnete vorsichtig eine Tür, lauschte in den Raum, nichts war zu hören, nur die Klimaanlage summte leise. Im Innenraum war es halbdunkel, wir schlüpften hinein und blieben stehen, um uns an das Zwielicht zu gewöhnen. Ria stieß mich in die Seite, »Hörst du auch das leise Geräusch? Es klingt, wie Wimmern?« »Ja es kommt aus der hinteren Ecke«. Vorsichtig näherten wir uns mit den Waffen im Anschlag der Stelle, aus der das Winseln kam.

Zu unserer Überraschung fanden wir einen Mann am Boden kauernd. Sein Kopf lag auf den Knien, die Arme vor seinem Gesicht verschränkt. Er zitterte am ganzen Körper. Seine Kleidung war zerlumpt, er sah jämmerlich aus. Ria meinte, er sieht nicht wie ein Androide aus, es ist ein Mensch. Sie sprach ihn mit ihrer ruhigen Stimme an, »Keine Angst wir sind Menschen wie du, wer bist du? Wie ist dein Name? Ich bin Ria, das hier ist Michael. Wir sind in der gleichen Lage wie du.« Langsam hob er seinen Kopf, hörte zu schluchzen auf, mit kaum hörbarer Stimme antwortete er. »Ich bin Terry Snider.«

Dann sprudelte es aus ihm heraus, er erzählte uns, was

er alles in den letzten Tagen erlebt hatte, dass man ihn verfolgte und umbringen wollte.

Er habe sich in diesem Raum versteckt, wie lange er hier schon verweilt, konnte er nicht sagen. Er erzählte weiter, dass er Zeuge wurde, wie Menschen von den Androiden auf Operationstischen getötet und zerlegt wurden.

Terry erzählte weiter: »Politiker der führenden Nationen werden geklont, diese Doppelgänger übernehmen dann die Rollen der Regierungsoberhäupter. Sie sind so echt und von den Originalen nicht zu unterscheiden. Das währt schon seit Jahrzehnten so und keinem ist es bisher aufgefallen. Die Erde wird von den Robotern auf die Ankunft einer Macht aus den Tiefen des Universums vorbereitet. Die Androiden sind die Vorhut, erst wenn alles den Lebensbedingungen der Außerirdischen entspricht, werden diese mit ihrer Armada auftauchen und die Erde übernehmen.« »Mann, das sind ja Horrorgeschichten, die du uns erzählst«,sagte Ria, »Und woher weißt du das alles?« »Ich habe mich in deren Computer eingeloggt, bis sie merkten, dass jemand in ihr System eingedrungen ist. Von da an haben sie mich gejagt. Gott sei Dank, dass ihr mich eher gefunden habt.«

»Terry ist es dir möglich, aufzustehen«, fragte Ria, »Wir müssen von hier verschwinden, bevor die Bastarde uns entdecken.« Zusammen traten wir den Rückzug an, das Vorratslager war das Ziel. Es wurde ein beschwerlicher Weg, aber wir schafften es ohne entdeckt zu werden.

Terry erholte sich. Dank der Lebensmittelvorräte kam er schnell wieder zu Kräften. An den darauffolgenden Tagen unternahmen wir längere Exkursionen durch das unterirdische Tunnelsystem, ohne auf Androiden oder Menschen zu treffen. Terry kannte sich durch seine Computer-Zugriffe gut in diesem System aus. Er erzählte uns, dass sich der Hauptkomplex unter dem Denver International Airport befindet, bis zu 20 Etagen tief. High-Speed Hyperloops verbinden Cheyenne Mountain, bis zur Ärea51. Weiter berichtete er, dass die ersten unterirdischen Anlagen vom US Militär errichtet worden waren. Die neuen Tunnel, die Hyperloops, sind von den Invasoren installiert worden. Das Ganze ist von den Eindringlingen präzise geplant und wird für die Ankunft der fremden Rasse vorbereitet. »Jetzt erkennt man Zusammenhänge«, sagte ich. »Die UFO Sichtung 1947 in Roswell hat sicherlich damit zu tun.« Schon fing Terry wieder an, wie ein Buch zu reden. »Ja, das stimmt, es geht aus den Computeraufzeichnungen der Fremden hervor. Das war die erste Landung der Roboter, diese missglückte allerdings. Das Aufklärungsraumschiff crashte beim Landeversuch, der Zentral-Computer blieb dabei unbeschädigt. Von den US Streitkräften wurde das ›UFO‹ an einen geheimen Ort gebracht. Das Militär konnte jedoch nicht verhindern, dass die winzigen Roboter die Menschen, welche sie bewachten, zu ersetzen. Die Maschinen kopierten die menschliche DNA, damit waren sie in der Lage die ersten Klone zu replizieren. Das alles geschah mit enormer Geschwindigkeit. Soldaten und Generäle wurden getötet und durch Kopien unbemerkt ausgetauscht. Das wurde systematisch weiter verfolgt, Staatsoberhäupter der führenden Nationen waren die Nächsten. Damit übernahmen Roboter die Kontrolle. Die Militärs haben bis heute keine Ahnung, dass sie benutzt werden. Die Befehle kommen ja von oberster Stelle. Die Roboter nutzen den absoluten Gehorsam der Soldaten für ihre Zwecke gnadenlos aus«. »Wie ist es möglich, dass du deren Schrift und Sprache verstehst«? Fragte ich. »Die Verbindung zu ihrem Zentralgehirn besteht nicht in verbaler Kommunikation, sondern es ist eine mentale Verknüpfung. Die künstliche

Intelligenz der Fremden kennt mich bis in die kleinste Zelle, ist aber nicht in der Lage zu lokalisieren, wo ich mich befinde. Ich vermute, solange ich mich in den alten Gängen aufhalte, kann man mich nicht entdecken.« »Das ist unser Glück«, sagte ich, »Sonst hätte man uns schon längst entdeckt«. Ria fragte Terry: »Ist dir bekannt, besser gesagt hast du Kenntnis davon, warum in den letzten Jahren und Monaten solche extremen Klimakatastrophen stattgefunden haben? Speziell die Schwefelwasserstoffausbrüche weltweit«? »Ich vermute, sie arbeiten an einer Veränderung der Atmosphäre«, antwortete Terry. »Das macht Sinn, ich denke, die Fremden wollen so viele Pflanzen, Tiere und uns Menschen vernichten bevor sie sich auf unserem Planeten niederlassen. Schwefelwasserstoff (H$_2$S) ist da ein adäquates Mittel, um die Atmosphäre so zu verändern, dass Lebewesen, welche Sauerstoff zum Leben brauchen nicht überleben können«, antwortete ich. »Das muss mit allen Mitteln verhindert werden«. »Wir versuchen morgen früh, ein Terminal der Invasoren zu finden. Ich glaube, mich zu erinnern, eines davon ist ganz in unserer Nähe, sagte Terry.« »Okay, jetzt versucht zu schlafen, damit wir morgen fit sind, ich halte die erste Wache«. Mitten in der Nacht, auf meiner Armbanduhr war es 1 Uhr 30, erschütterte eine Explosion unser Lager. Ria und Terry schreckten aus ihrem Schlaf, »Was zum Teufel war das«, fragten Terry und Ria gleichzeitig. »Das möchte ich auch gerne wissen, irgendetwas

ist in nicht zu weiter
Entfernung in die Luft
geflogen. Ihr solltet
weiterschlafen, es betrifft
uns nicht, wir brauchen unsere
Kräfte für morgen.«

Roswell 1947

Soldaten von der Walker Air Force Base erreichten die Absturzstelle nahe Roswell in der Wüste von New Mexiko. Sie fanden ein Flugobjekt, welches bei einem schweren Unwetter offenkundig eine Notlandung versuchte und dabei abstürzte. Das UFO war so gut wie nicht beschädigt, zumindest sah es so aus. Die ankommenden Soldaten drängten die Farmer, welche um das Flugobjekt standen zurück, sperrten laut Befehl ihres Kommandanten das

Gelände großräumig ab. Sie fingen sofort mit einer näheren Untersuchung des Objektes an. Das Erstaunen war groß, solch einen Flugapparat hatte keiner von ihnen jemals zuvor gesehen. Es wurde versucht, den intakten Hauptrumpf zu öffnen, was aber misslang. Es wurden kleinere Teile des Rumpfaufbaus in der näheren Umgebung gefunden. Sie wurden eingesammelt und auf Lastwagen verladen. Der kreisrunde tellerartige Rumpf wurde ebenso auf einen Militärlaster geladen und mit Planen abgedeckt. Der Militärtross transportierte das UFO ab, brachte es zum nahen Airfield. Das Stratetic Air Command übernahm ab hier die weiteren Untersuchungen. Man erkannte, dass mit der limitierten technischen Ausrüstung der Air Base es nicht möglich war, den Rumpf zu öffnen. Es wurde entschieden, das UFO nach New Mexico zur Ärea51 zu transportieren. Auf der geheimen Militärbasis ›Ärea51‹ angekommen, übernahm ein Team von Militärexperten die Untersuchung des Objektes. Zum Erstaunen aller Anwesenden öffnete sich eine vorher unsichtbare Tür in der ansonsten homogenen Struktur von selbst. Vorsichtig betraten einige der Wissenschaftler das Innere des Raumschiffes, dass es sich um ein solches handelte, war jedem mittlerweile klar. Der kreisrunde Innenraum war mit unzähligen Instrumenten und Armaturen vollgestopft. Keiner der Militär-Experten vermochte, mit den blinkenden fremdartigen Anzeigen etwas anfangen. Sie begannen die Maschinen zu inspizieren.

Unbemerkt von den im Raum

befindlichen Personen, verteilten sich mikroskopische, nur ein tausendstel Millimeter messende nano Roboter aus einer Öffnung in der Mitte des Fußbodens. Diese winzigen künstlichen Organismen hatten die Wissenschaftler übersehen. Das war der Anfang der Invasion! Die biologischen nano Maschinen nahmen Besitz von den umstehenden Personen. Sie drangen, trotz der Schutzkleidung, in deren Körper ein. Der Bordcomputer des fremden Raumschiffes übernahm die Kontrolle der übernommenen Gehirne. Die Befallenen merkten davon nichts, im Gegenteil sie fühlten sich kraftstrotzend und überlegen.

Millionen der winzigen Invasoren entwichen in die Atmosphäre. Immer mehr Menschen wurden unter

Kontrolle gebracht. Das Unheil nahm seinen Lauf.

Mittlerweile wurde in der lokalen sowie der nationalen Presse der UFO Vorfall veröffentlicht. Sofort wurde von den geklonten Offizieren der Absturz widerrufen. Es wurde behauptet, ein Wetterballon der Air Force sei bei dem Gewitter abgestürzt. Die fremden Eroberer kontrollierten von jetzt an, was an die Öffentlichkeit gelangt. Die Reproduktionen, von Menschen geschah immer schneller. Die Bio-Roboter waren durch die Kopie der menschlichen DNA sogar in der Lage, Lebewesen in grosser Zahl selbst zu erzeugen, sie brauchten keine Wirte mehr. Der Austausch von Führungspersonen im öffentlichen Leben schritt voran, die Präsidenten der wichtigsten Staaten der Erde wurden durch Klone ersetzt. Das Militär wurde kontrolliert, nicht der geringste Verdacht keimte auf. Selbst Befehle, welche widersinnig waren, wurden ohne zu hinterfragen befolgt und vollzogen. Die Invasoren begannen systematisch mit der Umgestaltung der irdischen Lufthülle. Sie heizten künstlich die Atmosphäre auf. Die Ozeane erwärmten sich, die Mikroben in den Sedimenten der Meere veränderten ihr Verhalten.

Lagerhaus

Nacheinander wachten meine Begleiter auf, »Endlich wach«, begrüßte ich Ria und Terry, er fing sofort wieder wie ein Buch an zu reden. »Stop, nicht schon am frühen Morgen«, sagte ich. »Last uns erst einmal frühstücken, im Anschluss erkunden wir dieses Lagerhaus. Das US-Militär legt solche Depots immer mit allen möglichen Geräten, Waffen, Ersatzteilen und haltbaren Lebensmitteln an. Ich hoffe auf Funde, welche wir eventuell in Zukunft benötigen, wie Bauteile, Waffen und Ähnliches«. Nach dem Frühstück inspizierten wir die riesige Lagerhalle und wie ich schon vermutete, fanden wir Waffen aus US Produktion, Werkzeuge sowohl als auch Maschinenteile. Lebensmittel waren in großen Mengen vorhanden.

Die wichtigsten Sachen packten wir in Militär-Rucksäcke sowie genügend Proviant und Wasser. Terry sagte, »Diesen Teil der Anlage scheint der Zentral-Computer nicht zu kennen, dahin können wir uns immer zurückziehen, wenn nötig.« »Eine ausgezeichnete Idee«, antwortete ich, »Das ist der Treffpunkt, falls wir getrennt werden«. Kurz darauf verließ unser kleiner Kampfverband das Versteck auf der Suche nach einem Terminal, wie Terry es bezeichnete. Es ist eine Verbindung zum Zentralgehirn der Invasoren. Dort erhofft sich Terry, Infos über die weiteren Vorhaben der

Roboter zu erfahren, sicher ist er allerdings nicht. Er vermutet, dass das Elektronenhirn ihn bis in die kleinsten Zellen kennt und es daher schwierig wird, Informationen zu erhalten.

Mein Vorschlag: »Wir bleiben in den dunklen Gängen, denn diese Tunnel sind scheinbar den Robotern nicht bekannt.« Wir nahmen den gleichen Weg zurück, welchen Ria und ich gegangen waren. Diesen Weg zu finden war keine Hexerei, denn wir hatten die Abzweigungen markiert. »Ich würde gerne wissen, ob die beiden beschädigten Roboter noch am gleichen Ort liegen, wo wir sie zurückgelassen hatten. Oder ob sie gefunden und abtransportiert wurden«, sagte ich. »Wenn sie noch dort sind, werde ich sie demontieren. Grosses Interesse habe ich speziell an Teilen ihres

Elektronenhirns, wie Micro-Chips!«, meinte Terry. Ria flüsterte, »Lasst uns vorsichtig sein, nicht dass wir in eine Falle tappen.« Terry stoppte abrupt, deutete mit den Fingern an seine Lippen, zeigte damit, nicht zu sprechen. Ria und ich hatten nichts gehört oder etwas Verdächtiges wahrgenommen, wir hielten inne und lauschten. Jetzt vernahm ich es auch, es näherten sich Schritte und wir hörten Stimmen, zwar leise aber doch wahrzunehmen. Die Tritte kamen näher, jeder von uns hielt seine Waffe im Anschlag, bereit sofort zu schießen. Jetzt konnten wir deutlich hören, die Näherkommenden sprachen englisch. Noch waren sie nicht zu sehen, sie mussten jedoch jeden Moment um die Ecke biegen. Ich ließ es nicht soweit kommen, dass die

Situation eskalierte und Ria oder Terry das Feuer auf die Fremden eröffneten. Ich war mir sicher, es waren Menschen, keine Roboter. Ich rief laut, bevor sie um die Ecke bogen und uns entdecken konnten. »Wer immer sie sind, bleiben sie stehen, geben sie sich zu erkennen! Wir sind bewaffnet, wenn ihr keine Roboter seid, habt ihr nichts zu befürchten!«. Es blieb einige Sekunden still, dann antwortete eine männliche Stimme, »Okay, woher wissen wir, dass ihr keine Invasoren seid«? Darauf erwiderte ich, »Mein Name ist Michael Strom, ich bin Meeresbiologe. Wir sind in dieses unterirdische Labyrinth verschleppt worden, es gelang uns aber, zu entkommen.« »Dann sitzen wir im gleichen Boot, mein Name ist Major Erik Finnigen von den US Marines. Unsere Gruppe besteht aus fünf Soldaten. Okay wir kommen jetzt um die Ecke, bitte lasst die Finger vom Abzug.« Die Truppe kam um die Biegung, wir standen uns gegenüber. Sie waren bewaffnet, sahen furchterregend in ihrer individuellen Tarnung aus. Unter normalen Umständen wäre ich sofort geflüchtet, im Augenblick war ich eher erleichtert, ihnen gegenüber zu stehen. Das waren Profis. Major Finnigen stellte seine Mitstreiter vor: »Dieses gefährlich aussehende Geschöpf links neben mir ist Captain Ryan Beckett, US Navy. Dann deutete er auf zwei Männer, deren Gesichter wie Beton bemalt waren, das hier sind Korporal Gary Gatlin und Sergeant Jack Pierce, US Air Force. Weiter haben wir hier Spezialist Tyler James, US Army. Wir sind schon 14 Tage in diesem Labyrinth unterwegs. Jeder von uns hat eine Geschichte zu erzählen, Einzelheiten erspare ich euch. Wir bekämpfen die Fremden, sobald welche auftauchen. Sie sind relativ problemlos zu eliminieren, sie laufen verhältnismäßig langsam, das ist ein grosser Vorteil für uns. An ihren monotorischen Bewegungen erkennt man sie schon auf den ersten Blick«.

Ich stellte Ria und Terry vor und erzählte, was uns passiert ist und wie wir Terry gefunden haben. »Außer den beiden Robotern, welche Ria und mich begleitet haben, sind wir keinen weiteren begegnet. Glücklicherweise kam uns der Zufall zu Hilfe. Nachdem Ria und ich die Hyper-Loop verlassen hatten, blieben beide Bewacher abrupt stehen. Sie hatten offensichtlich eine Fehlfunktion, wir nahmen ihre

Waffen und zerstörten die Roboter. Wir suchen nach unseren Freunden, wir stiegen gemeinsam in die Bahn, kamen aber nicht an der Haltestelle an, wo wir zum Aussteigen gezwungen wurden. Seither vermissen wir sie. Das ist unsere Story. Terry hat Kenntnisse, welches vieles erklärt, zumindest warum die fremden Eindringlinge versuchen, unsere Atmosphäre zu zerstören. Es gelang ihm, sich mit dem Zentralcomputer zu verbinden. Terry ist ein IT-Spezialist. Er fand heraus, dass sie die Erde für eine Übernahme vorbereiten. Um was für eine Rasse es sich handelt, wissen wir nicht. Eines ist sicher, ich glaube der Schlüssel, die Invasion zu stoppen, bevor die Haupt-Armada auftaucht, ist das Auffinden des Computers«. »Das ist leicht gesagt, dazu müssten wir das Elektronenhirn zunächst einmal finden«, sagte Major Erik Finnigen, »Lasst uns zuerst in euer Versteck marschieren, wir haben schon zwei Tage nichts mehr gegessen«. »Okay, dann los, folgt uns. Nachdem ihr euren Hunger gestillt habt, besprechen wir das weitere Vorgehen. Ich habe da eine Vermutung, wo der Haupt-Computer sein könnte, er ist der Hebel, wo wir ansetzen sollten.«

Westküste Afrika

Eine Gruppe von Touristen erkunden den Etosha national Park in Namibia. Sie haben eine Safari mit Tour Guide gebucht, alle sind hellauf begeistert von ihm. Er hat ihnen mit Enthusiasmus und Fachwissen die schönsten Plätze des Naturreservates gezeigt. Mit seiner Ortskenntnis haben sie die großen Tiere gesehen. Darunter waren Löwen, Leoparden, Elefanten und Nashörner. Die Giraffen, Gnus, Steppenzebras und Springböcke waren in großen Ansammlungen an den Wasserlöchern zu beobachten. Jeder war begeistert. Sie waren den ganzen Tag unterwegs, freuten sich auf ihr Camp und hofften auf einen schönen Ausklang des anstrengenden Tages. Das Wetter für den Abend war laut Vorhersage mild mit angenehmen 24 Grad Celsius. Die Köche des Camps haben bestimmt wieder ein Menü vorbereitet, hofften sie. Es war ihr letzter gemeinsamer Abend, sie wollten diesen genussvoll zusammen ausklingen lassen. Früh morgens war die Rückreise nach Windhuk geplant. Die Flüge waren gebucht, einige wollten nach Europa, der Großteil jedoch flog zurück in die USA.

Es kam anders! Sie sollten ihre Flüge nicht mehr erreichen.

Gemeinsam sassen die Safari-Teilnehmer an einer langen Tafel beim Abendessen. Die letzten Sonnenstrahlen beleuchteten die Wildtiere am

Wasserloch. Eine wundervolle Stimmung an diesem lauen Abend. Es wurde gelacht, von den Erlebnissen geschwärmt, dass erlebte Revue passieren lassen. Die Gefühlslage war auf dem Höhepunkt. Leicht beschwipst löste sich die Gruppe auf, begab sich auf den Weg in ihre Zelte.

Ein tiefes Grollen und heftiges Beben erschütterte die Stille und ließ sie erstarren. Die Tiere an dem Wasserloch standen für Sekunden wie Statuen an der Tränke, dann stoben sie flüchtend in alle Richtungen auseinander.

Die eben noch so fröhlichen Menschen schauten sich ungläubig in die Augen, sahen nur entsetzte Gesichter. Das war der letzte Augenblick in ihrem Leben.

Ein katastrophales Seebeben hatte den Meeresboden vor der

Küste von Westafrika aufgeworfen. Der Ausbruch erstreckte sich über 1800 km von Namibia bis Kapstadt. Ausströmende Lava erhitzte das Ozeanwasser, es wurden Milliarden Tonnen Cyanide (H_2S), *in höchster Konzentration freigesetzt.* 90% allen Lebens in dieser Region wurde ausgelöscht. Nach bekannt werden dieser Katastrophe, stand die restliche Welt unter Schock!

Kontakt mit Khaarr

Major Finnigen hatte das Kommando unserer kleinen Streitmacht übernommen. Das war mir Recht, ein Navy-Seal ist für solche Operationen ausgebildet, genau der richtige Mann. Wir waren auf der Suche nach einem Terminal, damit Terry sich in den Haupt-Computer einloggen konnte, er hoffte zu erfahren, wo dieser sich befindet. Auf dem Weg durch die unterirdischen Gänge erzählte Finnigen, dass sie einen Weg an die Oberfläche gefunden hatten. Er schlug vor, im Falle, dass Terry Erfolg hat, und wir erfahren den Standort des Zentral-Computers, ist es besser, wir bewegen uns an der Erdoberfläche. Wir finden dort auch Unterstützung, welche wir dringend benötigen. Die beleuchteten Tunnel sind zu gefährlich, sie werden von dem Computer kontrolliert. Nur die alten von den US Militärs erbauten Tunnel sind für uns sicher. Um den Zugang zu dem Computer zu finden, waren wir gezwungen unsere Tunnel zu verlassen und das Risiko auf uns zu nehmen, von den Robotern angegriffen zu werden. Korporal Gary Gatlin hatte die Führung übernommen, Captain Ryan Beckett sicherte die Gruppe nach hinten ab. Wir traten in den hell erleuchteten Gang, der zu der Haltestelle führte, in dem Ria und ich aus der U-Bahn gezwungen wurden auszusteigen. Captain Beckett blieb stehen, zeigte uns an, wir sollten innehalten und niederknien. Er lauschte eine Weile in die Stille, dann winkte er uns weiter zu gehen. Ich merkte ihm an, dass er äußerst angespannt war, dennoch wirkte er hochkonzentriert und auf mögliche Angriffe vorbereitet. Wir liefen jetzt schon 20 Minuten durch breite Gänge, zuweilen durch engere und blieben unbehelligt. Terry sagte zu Ryan Becket, »Es beunruhigt mich etwas, ich habe nicht ein Anzeichen dafür, dass sich ein Terminal in nächster Nähe befindet. Bei den letzten Verbindungen fühlte ich immer leichte Kopfschmerzen vor dem eigentlichen Kontakt. Bisher bemerkte nichts, lasst uns weiter suchen.« »Okay, trotzdem bleiben wir aufmerksam und auf alles gefasst«, meinte Ryan.

Wir erreichten ein Tunnelende, es zweigte ein schmaler Gang links und ein etwas breiterer nach rechts ab. Captain Beckett entschied sich für den rechten Tunnel. Vorsichtig bogen wir ab, eine riesige, Dom ähnliche Halle öffnete sich vor uns. Die übliche Prozedur unseres Captains, er hielt inne und lauschte in die Stille. Nichts war zu hören, ich sagte zu Ryan, »Die Halle ist enorm groß, in der Mitte befindet sich ein kreisrundes, flimmerndes Etwas. Es gibt nur einen Ausgang, das erhöht unser Risiko.« »Das ist korrekt, aber wir haben keine andere Wahl, wir müssen es riskieren«. Schneller wie sonst üblich, durchquerte die Gruppe den ansonsten leeren Saal. Nahe dem Zentrum angekommen änderte sich die Beleuchtung, die Wände der

Halle erstrahlten in einem diffusen Blau. Aus dem flimmernden Etwas manifestierte sich ein dreidimensionales Hologramm, einer Neuralen Network Vector Illustration gleichend. Dieses Gebilde, aus Millionen Pixel bestehend, fing an, zu uns zu sprechen. »Ich bin Khaarr eine künstliche Intelligenz. Mein Auftrag ist es, diesen Planeten für die Ankunft der Kralax vorzubereiten. Die Kralax befinden sich momentan im interstellaren Raum im Anflug in diese Galaxis. Das Eintreffen wird in 25 Jahren eurer Zeitmessung sein. Bis dahin ist es unabdingbar, die Atmosphäre des Planeten umzuwandeln.« »Dafür werden 7 Milliarden Menschen, weitere Lebewesen und Pflanzen getötet?« Erwiderte ich. »Mein Auftrag ist es, diesen Planeten für meine Erbauer bewohnbar zu machen. Die Zusammensetzung der Atmosphäre ist für sie ungeeignet. Bisher läuft alles nach meinen Plänen.« »Stehst du mit den Kralax derzeit in Verbindung?« Fragte Terry. »Nein die letzte Kommunikation liegt 75 Jahre zurück, das war der Zeitpunkt unserer Ankunft«, gab Khaarr bereitwillig Auskunft. »Was macht dich dann so sicher, dass die Kralax dein Verhalten billigen, diesen Planeten mit seiner Artenvielfalt zu eliminiere. Hast du einen direkten Befehl erhalten und hast du deine Erbauer informiert, dass es auf diesem Planeten intelligentes Leben gibt?« Fragte Ryan. »Bei meinem letzten Kontakt wurden die Daten dieses Himmelskörpers, seine Zusammensetzung der Atmosphäre sowie das Vorhandensein ›niederen‹ Lebens übermittelt.

Mein Befehl lautet, die Umwelt auf Ankunft vorbereiten.« »Bezeichnest du uns als niedere Wesen?« Giftete ich diesen verrückten Computer an. »Nein, eine Grundintelligenz ist bei einigen Rassen vorhanden«, antwortete die Artificial-Intelligence namens Khaarr. »Sind deine Erbauer darüber in Kenntnis gesetzt, dass es auf der Erde, wie wir unseren Planeten nennen, Rassen gibt, welche über eine ›gewisse‹ Intelligenz verfügen?« »Diese Erkenntnis konnte nicht übermittelt werden, meine automatischen Transmissionen blieben unbeantwortet.« »Das schlägt dem Fass den Boden aus, schaltete sich Ria ein, das ist ungeheuerlich, du blöder Schaltkasten. Eine Meeresschildkröte verfügt über mehr Intelligenz wie deine gesamten Schaltkreise

176

zusammen!« Terry schaltete sich ein, »Da du über die Erkenntnis verfügst, dass auf diesem Planeten intelligentes Leben vorhanden ist, existiert in deinem Programm nicht ein Befehl, welcher aussagt solche höheren Lebewesen zu schützen, anstatt zu eliminieren?« »Mein Befehl lautet, Atmosphäre auf Ankunft vorbereiten!« Terry ließ nicht locker, »Es steht aber im Widerspruch zu dem bestehenden Befehl, höheres Leben zu schützen, einer deiner Schaltkreise ist offensichtlich defekt. Lass mich nach der Ursache suchen, ich bin Spezialist für künstliche Intelligenz. Der Konflikt, in dem du dich befindest, wird deine Prozessoren überlasten und zerstören. Du wirst den Befehl deiner Erbauer nicht vollenden können, du bist unbrauchbar.«

»Atmosphäre auf Ankunft vorbereiten!« Wiederholte Khaarr ununterbrochen, flackerte kurz, dann verstummte er.

Die Projektion erlosch endgültig.

Major Finnigen, »Lasst uns von hier verschwinden, ich glaube, Khaarr ist unberechenbar und in einem Konflikt. Los bewegt euch, wir müssen durch die Tür bevor es dafür zu spät ist.« Wir rannten los, durchquerten die gegenüberliegende Tür. Kaum hatten wir sie passiert, schnappte der Verschluss hörbar zu. Der Weg zurück zu unserem Lager war blockiert.

Wir bewegten uns entlang eines circa 5 Meter breiten und 50 Meter langen Tunnel, welcher am Ende durch eine geschlossene Tür versperrt war. »Mist« hörte ich Ryan

sagen, »Khaarr macht ernst!«
Ria deutete hinter sich, sie wollte etwas sagen, bekam aber keinen Ton heraus, sie hatte Panik in den Augen. Alle drehten sich um und da sahen wir es, Khaarr schickte seine Truppen, eine wabernde Masse bewegte sich auf uns zu. Ryan und seine Leute feuerten ohne Zögern auf dieses Schleimige etwas, doch der konzentrierte Beschuss aus ihren Waffen war nicht in der Lage es zu stoppen. Es floss weiter auf uns zu. Selbst die Strahlenwaffen, welche Ria und ich den Robotern entnommen hatten, waren wirkungslos. Es waren nur noch wenige Meter bis zu der Tür. Die Situation schien aussichtslos, wir sassen in der Falle. Mit den Rücken gegen die verschlossene Tür stehend, erwarteten wir den Angriff, die Distanz betrug nur noch zwanzig Meter.

Ich hörte Ria in ihrem Rucksack stöbern, sie öffnete eine Styropor Box und schüttete den Inhalt den nano Robotern entgegen. Da geschah das Unglaubliche, es brodelte und kochte, die Masse löste sich in dem aufsteigenden Dampf auf. Es blieben nur winzig kleine Teilchen einer metallischen Substanz am Tunnelboden zurück. »Ria«, riefen alle durcheinander, wie um alles in der Welt hast du das angestellt, die Viecher bewegen sich nicht mehr, wie hast du das geschafft? »Ich habe mich erinnert, dass ich eine Packung Trockeneis mitgenommen hatte, falls wir etwas kühlen müssen, damit unser Essen nicht verdirbt, zum Beispiel! Im Labor nutzen wir das ja auch, um Viren und Bakterien an ihrem Wachstum zu hindern. War nur so eine Idee.« »Das war die beste

Idee, die du je hattest«, sagte ich. »Du hast uns allen das Leben gerettet.« Die anderen Mitglieder unserer Truppe umarmten Ria, sie war gerührt. »Ich liebe dich«, hörte ich mich sagen, sie küsste mich, drückte sich ganz fest an meinen Körper. Die Welt um uns herum rückte in weite Ferne. Die anderen applaudierten, wir nahmen das nur gedämpft wahr. Ryans rauer Ton riss uns beide in die Wirklichkeit zurück. »Wir müssen von hier verschwinden, und zwar so schnell wie möglich«, hörten wir ihn sagen. »Diese verdammte Tür ist verschlossen«, bemerkte Terry. »Das bekomme ich schon geregelt«, sagte Spezialist Tyler James. »Zieht euch bitte zwanzig Meter zurück, ich sprenge das Schloss.« Eine Explosion erschütterte den Gang, die Rauchschwaden senkten sich und Tyler öffnete die demolierte Tür. Ich fragte ungläubig, »War das eine Handgranate?« »Nein das war eine kleine Menge Plastik-Sprengstoff«, er kicherte leise vor sich hin. »Hatte ich aus den Lagerbeständen mitgenommen.« »Gut gemacht«, lobte Major Finnigen, »Lasst uns jetzt weiter laufen, wir müssen einen Ausgang finden, welcher uns an die Oberfläche bringt.« »Ja hier unten sind wir der Überwachung von Khaarr ausgesetzt«, warf Corporal Gary Gatlin ein.

Lost

Etwa zur gleichen Zeit als Ria und ich von den Robotern an der Haltestelle am Ende der Speed-Tube in Empfang genommen wurden, geschah dasselbe mit den Bushgard und der Familie Strass. Sie wurden, nach dem die Türen der Bahn sich öffnete, von Robotern abgeführt.

Peter drehte sich zu den anderen um und fragte, »Wo sind Ria und Mike?« »Ich vermute, man hat uns getrennt«, sagten Holger und Anna gleichzeitig, »Verdammt«. Mit ihren Waffen im Anschlag drängten ihre Bewacher sie, weiter zu laufen. Peter fragte zu einem der Uniformierten gewandt, »Wo sind unsere Freunde geblieben? Sie stiegen mit uns zusammen in diese Bahn, wo sind sie jetzt? Was habt ihr mit uns vor?« Von den Bewachern kam keine Reaktion. Sie wurden von den Bewachern in eine riesige Halle gedrängt. In deren Mitte waren zirka einhundert Menschen dicht zusammen gepfercht, von schwer bewaffneten Uniformierten bewacht. Holger sprach aus, was die Anderen dachten, »Was ist hier los? Das sind keine Soldaten, sie haben nicht mal Rangabzeichen. Es sind die gleichen stupiden Gestalten, welche uns schon die ganze Zeit, seit wir in die unterirdischen Gewölbe gebracht wurden, bewachen.« »Ja«, sagte Inge Bushgard, »Sie reden keinen Ton mit uns.« »Langsam bekomme ich Angst«, entgegnete Anna. »Dazu haben wir allen Grund, das sieht nicht so aus, als wären wir zu einer Party eingeladen. Wir müssen unbedingt versuchen, hier raus zu kommen, egal wie.« »Da hast du absolut Recht«, antwortete Peter.

Anna, die kleinste von den vieren ergriff die Initiative. Sie erkannte die Situation, als einer der neben ihr laufenden Bewacher sich von ihr abdrehte. Sie stieß ihn von hinten an, er strauchelte und stürzte krachend zu Boden. In dem Chaos, welches daraufhin entstand, erkannte sie die Chance zu fliehen, sie schrie, »Los lauft zurück in den Gang.« Sie sahen noch, dass die Menschen in der Mitte der Halle ihre Bewacher ebenfalls umstießen und in alle Richtungen flüchteten. Die restlichen Uniformierten eröffneten das Feuer und schossen in die flüchtende

Menschenmenge. Es war ein fürchterliches Massaker. Peter schrie, »Wir müssen zusammen bleiben.« Sie rannten um ihr Leben, blieben aber unbehelligt. Von jetzt an wussten sie, das war keine Einladung, es war eine Entführung in grossem Maßstab.

Sie rannten weiter, am Ende des Ganges waren Abzweigungen in verschiedene Richtungen. Peter entschied, »Wir nehmen den nicht so breiten und unbeleuchteten Tunnel.« Das war ihr Glück! Sie konnten nicht wissen, dass diese Gänge nicht von Khaarr überwacht werden. Somit waren sie erst einmal sicher.
Vollkommen außer Puste blieben sie stehen, lauschten in das Halbdunkel, nichts war zu hören, außer ihrem eigenen Keuchen. Inge Bushgard sass mit dem Rücken an die Wand

gelehnt und weinte, Peter versuchte sie zu trösten, »Honey wir finden einen Weg aus den Katakomben. Ich weiß nicht, wer uns das antut oder was dahinter steckt, eines ist gewiss, wir werden kämpfen. Wir haben mit unseren eigenen Augen gesehen, dass das kein Spaß ist, die schießen sofort auf Menschen. Wenn ich nur wüsste, was da vor sich geht.« »Habt ihr ihre Waffen gesehen? Das sind keine, welche ich kenne. Sie töteten lautlos mit einem blauen Energie-Strahl, das sind keine Waffen aus unserer Welt. Ich vermute, dass die Erde von außerirdischen Wesen angegriffen wird«, sagte Holger. »Gut, lasst uns weiter laufen und achtet auf ungewöhnliche Geräusche, Schritte und so. Okay? Wir müssen einen Weg hier herausfinden.« Sie liefen langsam den Gang entlang, Anna flüsterte, »Hört ihr das?« »Was«, fragte ihr Mann, »Na das Donnern in der Ferne!« Das war das Letzte, was sie wahrnahmen, dann brach die Decke über ihnen zusammen! Eine heftige Explosion brachte diesen Teil der unterirdischen Anlage zum Einsturz!

Denver, Colorado

Major Finnigen trieb uns zur Eile an, er befahl Captain Ryan Beckett, vorauszugehen um die Situation am Ende des Ganges zu erkunden. Beckett entfernte sich von der Gruppe in Richtung der Abzweigung. Obwohl er sich schnell bewegte, ja rannte, war kein Laut zu hören. Ria flüsterte mir zu, »Das ist erstaunlich wie geräuschlos Beckett sich bewegt, wie eine Katze, nichts ist zu hören, unglaublich!« Finnigen kniete sich nieder, signalisierte uns das Gleiche zu tun. Er hatte seine Waffe im Anschlag nach vorne gerichtet, Gatlin, Pierce und Tyler James sicherten nach hinten. Terry war der Einzige, der sich nicht niederkniete, er stand wie zu einer Salzsäule erstarrt in unserer Mitte. Der Major forderte ihn nochmals auf, sich klein zu machen, aber er reagierte nicht. Seine Augen waren weit geöffnet und er schien keinen von uns wahrzunehmen. »Becket, sie kommen von links auf dich zu«, schrie Terry plötzlich. Da feuerte Captain Becket in den Gang links von uns. Major Finnigen und Tyler James rannten Becket zur Hilfe und schossen in die gleiche Richtung in den Tunnel. Wir anderen suchten Deckung hinter den Aluminiumkisten und den Tonnen, welche an den Seiten des Ganges gestapelt waren. Der Schusswechsel wurde heftiger, dann verstummte er schlagartig, es war totenstill. Ich rief zu Major Finnigen und seinen Jungs,

»Was ist passiert, ist alles Okay mit euch, ist jemand verletzt«? »Nein, wir sind in Ordnung, die von Khaarr geschickten Klone sind erledigt, sie bewegen sich nicht mehr. Wir warten einige Minuten, bevor wir sie näher untersuchen, ihr bleibt in Deckung, bis wir sicher sind, dass keine weiteren von ihnen nachfolgen.« »Yes Sir«, erwiderte ich, »Wir bleiben auf unserer Position«. Zwei Minuten später forderte Finnigen uns auf, zu ihnen zu stoßen, die Luft sei rein. Wir bogen in den linken Tunnel und sahen sieben Geschöpfe in den bekannten Uniformen am Boden liegen, »Sie sind tot, besser gesagt zerstört«, antwortete der Major. Zu Terry gewandt sagte er, »Woher wusstest du, dass sie in dem Gang auf uns lauerten? Wir wären jetzt alle nicht mehr am Leben, wenn du uns nicht gewarnt hättest, Danke!« »Vermag es nicht genau zu sagen, ich empfing ein telepathisches Signal, es konnte nur von Khaarr stammen, es war eine Warnung an die Klone in dem Gang, welche auf uns warteten. Er warnte, dass wir jeden Moment in den Tunnel einbiegen werden. Womöglich besteht eine Verbindung zwischen mir und dem Computer, die Khaarr übersehen hat, das beruht vermutlich auf einer Fehlfunktion, die er bisher nicht bemerkt hat. Es bedarf weiterer Analysen meinerseits, um genau festzustellen, welche Schaltungen den Fehler bei ihm hervorrufen. Wenn ich mich konzentriere, ist es mir möglich, mich in seine integrierten neuralen Schaltkreise einzuloggen. Mit etwas mehr Übung ist es vielleicht möglich, an seine Daten im Primary Storage zu gelangen. Der Computer verfügt über ›cognitive Computing‹, wie wir IT Leute es nennen. Daran arbeiten die schlausten Köpfe unseres Planeten seit einiger Zeit, bisher ohne Erfolge. Khaarr scheint über telepathische Sensoren zu verfügen, so etwas existiert bei uns nur in der Theorie.«

»Terry, bitte verschone uns mit deinen Fachausdrücken, die versteht von uns ›normal Menschen‹ eh niemand«, stoppte Major Finnigen Terry's wortreiche Erklärungen. Es wäre hilfreich, wenn es dir gelingen würde, einen Weg an die Oberfläche zu finden. Solange wir hier unten im Einflussbereich von Khaarr sind, sind wir in höchster Gefahr. »Gib mir ein paar Minuten, ich muss mich konzentrieren«, sagte Terry. »Du hast alle Zeit der Welt, aber bitte beeile dich«, antwortete Eric Finnigen mit einem Lächeln um seine Mundwinkel.

Terry befindet sich seit fünf Minuten in einer Art Trance. Er wirkte vollkommen geistesabwesend. Mit einem Ruck war er in der Wirklichkeit zurück, »Wir sind gar nicht weit von einem Aufzugschacht entfernt, zweimal rechts, einen langen Tunnel links, es sind circa 800 Meter«, dann sackte Terry in sich zusammen, er war bewusstlos. Ria kümmerte sich um ihn, er sah ziemlich mitgenommen aus, sie sagte: »Das war knapp, allzu oft sollte er das nicht mehr ausüben!« Er kam wieder zu sich und fragte, »Wo bin ich? Wie komme ich hierher?« Ria beruhigte ihn, wischte ihm den Schweiß von seiner Stirn. »Ist es dir möglich aufstehen? Wir müssen unbedingt von hier verschwinden. Du hast uns sehr geholfen, jetzt aber los.« Ich half ihm auf die Beine und wir folgten Corporal Ryan Gatlin, er führte unsere Gruppe an. Unbehelligt von weiteren Attacken seitens des Computers, erreichten wir den Aufzug. »Was meinst du«, sagte ich zu Major Finnigen, »Ist es ratsam, den Lift zu benutzen, oder ist es zu gefährlich?« »Das sollten wir nicht riskieren«, meinte er. »Es befindet sich sicherlich eine Treppe oder ein Aufstiegsschacht in unmittelbarer Nähe, lasst uns diesen suchen.« Terry meldete sich und sagte, »Im nächsten Gang gibt es einen Versorgungsschacht, es führt eine Metallstiege in das darüberliegende Stockwerk. In dieser Etage gibt es Treppen, über die erreichen wir die Oberfläche.« »Also los

Freunde, worauf warten wir noch«, sagte ich. »Terry, woher hast du die Information, nein antworte nicht, bitte! Wichtig ist, du weißt es!« Nacheinander kletterten wir die Metall-Leiter ein Stockwerk nach oben.

International Airport Denver

Wir erklommen die letzten Treppenstufen, dann erreichten wir einen Gang, die Notbeleuchtung war an und es war ein diffuses Licht. Das Ende des Ganges war nicht zu erkennen, langsam und vorsichtig bewegte sich unsere Gruppe durch das Gewölbe. Eine Stahltür versperrte den weiteren Weg. Major Finnigen versuchte die schwere Tür aufzuschieben, sie war aber nicht einen Millimeter zu bewegen. Finnigen rief Spezialist Tyler James zu sich, der machte sich an der Tür zu schaffen, »Bitte alle zwanzig Meter zurücktreten, sucht Deckung hinter den abgestellten Kisten, das sollte genügen. Zehn Sekunden, Achtung noch zwei, eins«. Dann folgte die Detonation, die Tür stand einen Spalt offen. Gemeinsam drückten wir sie vollends auf. Finnigen sagte, »Warten wir einen Moment, bis der Staub sich gelegt hat.« Wir blickten durch die offene Stahltür und waren sprachlos, denn was wir sahen, hatte keiner erwartet. Die riesige Halle war total zerstört, überall lagen Trümmer, die Decke war eingestürzt. »Das sieht so aus wie ein Empfangsgebäude eines Flughafens«, meinte Ria. »Wie Recht du hast meine Liebe, dieses war einmal der Check-in des Denver International Airports, siehst du das Schild dort drüben von der Decke hängen?« Fragte ich Ria. »Ja es ist eindeutig der Denver

Airport, besser, es war der Airport. Was immer das verursachte, es war eine heftige Explosion, womöglich Bomben«, bemerkte Sergeant Jack Pierce. »Lasst uns vorsichtig weiter gehen, kommandierte Major Finnigen.« Langsam bewegten uns wir durch die Trümmer, es war schrecklich, überall lagen Tote. »Diese Zerstörung muss schon einige Zeit her sein«, meinte Captain Ryan Becket. »Erinnert ihr euch an die Explosion, welche wir zuvor gehört hatten? Das muss der Grund dafür gewesen sein.« Wir durchquerten die Halle, erreichten die Fluggastbrücken, alles war vernichtet. Ausgebrannte Flugzeuge zerstörte, Passagierbrücken. Wir passierten vorsichtig das Vorfeld, immer die Deckungen ausnutzend, es waren ja genügend vorhanden. Nichts deutete auf Überlebende hin. Wir waren im Begriff unsere Position zu verlassen, um weiter zu gehen, als wir von einer befehlenden Stimme gestoppt wurden! »Halt, bleiben sie, wo sie sind, nehmen sie ihre Hände hoch, damit ich sie sehen kann.« Wir waren völlig überrascht! Ein Trupp Marines hatte ihre Waffen auf uns gerichtet, also Hände in den Himmel. Major Finnigen antwortete sofort, wies sich mit seinem Namen und Rang aus. Die Lage entspannte sich augenblicklich. Finnigen erklärte unsere Situation, daraufhin durften wir die Arme wieder herunter nehmen. Fünf Minuten später sassen wir auf einem Militärtransporter und dieser bahnte sich einen Weg durch die zerstörte Stadt. Soldaten mit schwerem Gerät räumten Trümmer aus dem Weg, machten die Straßen wieder passierbar. Nur langsam kam der Laster voran, die Zerstörungen waren um den Airport am schlimmsten. Richtung Süden nahmen die Schäden ab und es waren Menschen auf den Straßen unterwegs. Im Colorado National Guard Headquarters wurden wir abgesetzt, nochmals von hochrangigen Soldaten verhört. Uns Zivilisten nahm man ganz besonders unter die Lupe, man schien mit unseren Aussagen aber zufrieden zu sein. Kurze Zeit darauf brachte man Ria, Terry und mich wieder zu Major Finnigens Truppe, wir wurden ab sofort äußerst zuvorkommend behandelt. Finnigen erklärte uns dreien, dass wir die wichtigsten Menschen derzeit wären, man wird uns gemeinsam in das Air Force Space Command bringen. Der befehlshabende

Lieutenant-General möchte dringend mit uns über das Erlebte sprechen.

Lieutenant-General Josh Mittendorf empfing uns in seinem Büro. Finnigen kam sofort zur Sache und erklärte die Situation, dass wir den Computer, welcher sich Khaarr nennt, ausfindig machen und zerstören müssen, bevor er die Erde vollkommen vernichtet. Major Finnigen erzählte bis in alle Einzelheiten unsere Erlebnisse. Er erklärte ihm, dass Terry der Schlüssel zum Erfolg ist, dass nur er die Fähigkeit besitzt, mit Khaarr in Verbindung zu treten, um dessen Aufenthalt zu erfahren. Der Lieutenant-General erklärte uns, dass ihm jetzt alles klar sei, dann berichtete er von den Vorfällen im Air Force Space Command.

Air Force Space Command

Einige Offiziere des Air Force Space Command im Cheyenne Mountain Operation Center schöpften schon seit langem Verdacht, dass Befehle der Militärführung innerhalb des Space Command vollkommen unlogisch waren, ja sogar gegen bestehende Vorschriften verstießen. Es wurde verboten, weltweite Klimakatastrophen zu veröffentlichen, ebenso die zunehmenden UFO Aktivitäten auf dem gesamten Globus. Den ausschlaggebenden Beweis für ihre Vermutungen lieferte Henry Scott, ein General im Space Command Center. Er war auf dem Weg in die Zentrale, als er mitten in seiner Bewegung stoppte und stehen blieb. Seine Augen waren weit offen, er wirkte apathisch und war nicht ansprechbar. Man brachte ihn daraufhin auf die Krankenstation. Sofort war ein Ärzteteam um den General versammelt. Die behandelten Ärzte waren ratlos, solche Symptome hatten sie vorher noch nie gesehen. Sie ordneten eine Computertomographie seines Schädels an, dabei stellten sie fest, dass an den Synopsen in seinem Gehirn winzige nur ein tausendstel Millimeter große Fremdkörper hafteten. Ein IT-Spezialist wurde hinzugezogen, der vermutete, dass es sich dabei um nano Maschinen handelte. Er sagte, »Wissenschaftler befassen sich mit der Herstellung solch künstlicher Roboter seit einiger Zeit, aber bisher nur theoretisch. Von der Verwirklichung ist man Jahrzehnte, womöglich Jahrhunderte entfernt.« Die Mediziner und die

hinzugezogenen
IT-Spezialisten, sowie
Fachleute für künstliche
Intelligenz kamen zu dem
Schluss, General Scott wurde
von fremden Intelligenzen
beeinflusst. Die Ärzte
versuchten, ihn aus dem Koma
aufzuwecken, es gelang für
einige Minuten. Bevor er
jedoch die Fragen der Forscher
beantworten konnte, verstarb
er.

Der Radiologe, welcher die
Computertomographie bei dem
verstorbenen General
durchführte, hatte eine Idee.
Er besprach diese mit den
Ärzten und Professoren. Er
erläuterte, »Ich bin mir nicht
100% sicher, dass die
Nanoinvasoren in seinem
Gehirn, beim Ableben des
Mannes tatsächlich inaktiv
geworden sind, oder ob sie nur
vorübergehend passiv sind. Ich
bin der Meinung eine

Kernspintomographie (MRI), würde Klarheit darüber bringen.« Der Oberarzt und der Professor stimmten zu, der verstorbene General wurde in den MRI Raum gebracht. Der Tomograph fing an, das Gehirn zu scannen und auf den Monitoren darzustellen. Aufmerksam beobachteten die Ärzte die dargestellten Bilder, zu ihrem Erstaunen lösten sich die winzigen Maschinen langsam auf. Die anschließende Untersuchung unter dem Elektronenmikroskop bestätigte genau das, die nano Roboter hafteten nicht mehr an den Synopsen, sie waren ungefährlich geworden.

Der befehlshabende Lieutenant-General ordnete eine sofortige Quarantäne der Basis an. Der gesamte Cheyenne Mountain Complex wurde von der Außenwelt abgeriegelt. Alle Offiziere wurden aufgefordert, sich auf die Krankenstationen zu begeben, um sich medizinisch untersuchen zu lassen. Es bestehe der Verdacht einer Virusepidemie innerhalb der Basis. Die Wachsoldaten bekamen den Befehl, jeden Offizier, egal welchen Ranges zu verhaften, der sich widersetzt. Mit dieser Maßnahme erhoffte er sich, dass infizierten Personen sich selbst entlarven, indem sie sich der Untersuchung widersetzen. Zwei Stunden nach dem Tod des Generals wurde die Air Base Buckley, die Centennial Air Base, der International-Airport Denver und Cheyenne Mountain Base von UFOs angegriffen. Nur der Cheyenne Complex überstand den Angriff, weil die Basis tief unter dem Berg installiert ist. Die Flugplätze der Air Bases und große Teile der

Stadt Denver wurden dem Erdboden gleichgemacht. Ein detaillierter Bericht über die Vorfälle im Cheyenne Space Command wurde an alle Waffengattungen der USA, sowie weltweit an Regierungen übermittelt. Überall auf der Erde begannen Säuberungsaktionen in den militärischen Führungen. Staatsoberhäupter wurden auf mögliche Übernahmen überprüft. Wie sich herausstellte, waren mehr als die Hälfte der führenden Staatschefs geklont. Identifizierte Personen wurden verhaftet und isoliert. Die Nationen organisierten sich neu und erstaunlicherweise schloss man sich zusammen, um den Feind gemeinsam zu bekämpfen. Die Militärs fanden bisher kein Mittel, die fremden Raumfahrzeuge zu eliminieren, sie waren zu schnell, zu wendig. Selbst die modernsten Fighter konnten gegen sie nichts ausrichten. Die UFOs griffen auf der ganzen Welt die wichtigsten Flugplätze an, vernichteten die Kampfflugzeuge schon am Boden. Die in der Luft befindlichen Fighter griffen die feindlichen Raumschiffe mit Luft/Luft Raketen an. Diese Waffen verpufften wirkungslos, bevor sie die UFOs überhaupt erreichten. Den Piloten blieb nur die Flucht. Sie wurden nicht verfolgt, die UFOs drehten ab und entfernten sich mit unfassbarer Geschwindigkeit ins All. Russisches Militär konnten sie mit ihren Radarstationen verfolgen, bis sie schlagartig vom Radar verschwanden. Diese Manöver der UFOs, versetzte die Offiziere in Erstaunen.

»So, das war mein Beitrag, jetzt wissen sie, was sich hier zugetragen hat. Was schlagen sie vor«? »Sir,« antwortete ich, »Wie schon gesagt, Terry Snider ist der Einzige, dem es gelingen kann, die genaue Position des Aliencomputers ausfindig zu machen.« Terry meldete sich zu Wort. »Seit wir uns hier über den unterirdischen Anlagen befinden, lässt meine Fähigkeit, mit Khaarr Verbindung zu halten, zunehmend nach. Ich schlage vor, dass Ria und Michael, zusammen mit Major Eric Finnigen und mir wieder in die Tunnelanlagen gehen. Dort glaube ich, hat eine kleine Truppe wie wir, die beste Aussicht auf Erfolg!« Terry sah uns an, »Ich hoffe, ihr begleitet mich?« Drei Köpfe nickten zustimmend. Lieutenant General Josh Mittendorf versprach uns jegliche Art von Hilfe. Er erkundigte sich, was wir als Ausrüstung benötigen.

Terry war schon dabei, eine Liste anzufertigen und Major finnigen tat das Gleiche. Es dauerte zwei Stunden, dann war unsere Ausrüstung zusammengestellt. Jeder schulterte einen schweren Militärrucksack, nur Ria war davon verschont, sie trug die neueste Kommunikationsausrüstung, eine Miniatur VHF/UHF Sende- und Empfangsanlage. Major Finnigen erklärte dazu, nachdem er unsere erstaunten Gesichter sah, warum er diese ausgewählt hatte. »Dieses Funkgerät wird auch funktionieren, wenn es kein Satellitenfunk und keine GPS gestützte Navigation mehr geben sollte, und glaubt mir, das wird das Nächste sein, was der verdammte Alien-Computer vernichtet!« Wie Recht er damit hatte, erfuhren wir früh genug.

Ein Bus des Militärs brachte uns zum Denver Airport zurück. Wir stiegen wieder in das Tunnelsystem unter dem International-Airport. Es war mit dem Militär abgesprochen, dass wir uns regelmäßig über Funk melden, um unseren Status mitzuteilen.

Khaarr die künstliche Intelligenz

Durch die Fehlfunktion der Schwarm-intelligenten Nanorobots, und dem daraus resultierenden Tod des Generals erkannte Khaarr, dass seine Tarnung entlarvt ist. Auch durch unsere Präsenz in den Katakomben war ihm das bewusst geworden. Er musste reagieren, genau das tat er, indem er den Cheyenne Mountain Complex, die Airbases und Flughäfen um Denver zerstörte. Der Computer weiß jetzt, dass die Menschen nicht mehr an natürliche Vorgänge der Klimaveränderungen und Katastrophen glauben. Er beschloss, entgegen seiner Programmierung die Erde und seine Bewohner zu vernichten. Er beschleunigte die Umwandlung der Atmosphäre, indem er die Eiskappen an Nord- und Südpol stärker erwärmte als bisher. Seine UFOs konzentrierten ihre Strahlwaffen auf die Pole der Erde. Das Eis der Pole schmolz rapide. Es wurden unglaublich große Mengen an Süßwasser in die Ozeane geleitet. Der Salzgehalt des Meerwassers sank dramatisch und gelangte nicht mehr in die Tiefen der Ozeane. Die Umwälzpumpen der Meere funktionierten nicht mehr. Der Meeresspiegel weltweit stieg kontinuierlich an, küstennahe Städte auf der ganzen Welt wurden teilweise bis zu fünf Meter überschwemmt. Der Schwefelwasserstoff stieg sprunghaft an, wurde explosionsartig an die Meeresoberfläche geschleudert. Die Konzentrationen des H_2S erreichten in einigen Regionen Werte von **5000+ ppm**, waren damit tödlich für Mensch und Tier.

Island

Es treffen immer mehr Meldungen von Katastrophen aus allen Teilen der Welt ein, woraus hervorging, dass die Erwärmung der Meere und der Atmosphäre beängstigende Ausmaße angenommen hat. Ein Team von Geologen war auf dem

Weg zum Hofsjökull, dem dritt größten Gletscher auf Island. Der Gletscher ist sehr schwer zugänglich und nur im Sommer zu erreichen. Die Geologen Guurtje van Rijn, Gisbert van Eijk und die Geologin Joanna Höeben aus Reykjavik waren schon 3 Stunden mit ihrem Jeep unterwegs, sie wollten vermessen, wie schnell der Gletscher seit ihrem letzten Besuch an Eismasse verloren hatte. Sie waren sehr besorgt über die rapide Abnahme des Eises. Seit ihrem letzten Trip zum Gletscher waren erst zwei Monate vergangen, aber die verheerenden Folgen des Klimawandels machten es immer schwerer, den Gletscher zu erreichen. Das Eis hat sich um mindestens vier Kilometer zurückgezogen und der Untergrund war fast nicht mehr mit dem Allrad-Jeep zu befahren. Aus der Eiszunge schoss das Schmelzwasser in Strömen ab. Das Abbrechen des Eises war schon aus einigen Kilometern Entfernung zu hören, es wurde gefährlich, sich dem Eis zu nähern. Das schreckte die Drei nicht ab. Sie begaben sich zu Fuß auf die letzten zwei Kilometer, denn der Jeep wollte einfach nicht mehr weiter. Sie mussten Spalten und reißende Bäche überqueren, um ihre Messpunkte zu erreichen. Guurtje van Rijn, der älteste von ihnen, trieb die beiden Kollegen zur Eile an, er sagte: »Wir haben bis hierher schon viel zu lange gebraucht. In einer Stunde wird es dunkel, dann wird unsere Rückfahrt ein gefährliches Unterfangen. Wir müssen uns beeilen.« »Ja«, antwortete Gijsbert, »Wir sollten jetzt wirklich umkehren, denn ich glaube nicht, dass wir unseren

Messpunkt in der vorhandenen Zeit erreichen!« »Jetzt fängt es auch noch an zu regnen, das macht die Rückfahrt noch riskanter, lasst uns umkehren«, sagte Joanna. Sie kehrten um und liefen den Weg zurück zum Auto. Mit Mühe konnten sie den Jeep aus dem Morast befreien, dann waren sie auf dem Weg zurück nach Reykjavik. Nach halber Strecke fing der Wagen an, wie wild zu springen, Guurtje konnte ihn kaum auf der Schotterpiste halten, die drei wurden in die Höhe geschleudert. Die Explosion, den riesigen Feuerball nahmen sie nur noch unterbewusst wahr. Island existierte nicht mehr. Ein Vulkanausbruch ließ die Insel im Meer versinken.

Polarkreis

Chersky in Sibirien. Die russischen Wissenschaftler Sergey Klimov und Nikita Pavlov sind zirka 50 Kilometer nördlich von Chersky mit ihrem Allradlastwagen, welcher für dieses Gelände ausgezeichnet geeignet ist unterwegs, um austretende Gase zu untersuchen. Sie haben in früheren Auswertungen herausgefunden, dass Greenhouse Gase immer schneller aus dem Permafrost entweichen. An ihrer Messstelle angekommen, begannen sie sofort mit ihren Messungen. Sergey meinte zu seinem Kollegen, »Es ist beängstigend, wie rasant der Permafrost taut, wir messen jedes Mal höhere Werte von

austretendem Methan und CO2.«
»Ja die Messwerte sind in der Tat furchterregend, wenn man bedenkt, dass ein viertel Russlands von Permafrost bedeckt ist, macht mir Angst.« »Das führt zu einer Katastrophe.« Schweigend setzten sie ihre Arbeit fort. Nach einer Weile sagte Nikita, »Der tauende arktische Permafrost entlässt Millionen Tonnen von Greenhouse Gasen, immer schneller in die Atmosphäre. Da etwa ein Viertel der nördlichen Hemisphäre von Permafrost bedeckt ist und darin zirka die doppelte Menge an Carbon eingelagert ist, als sich gegenwärtig in der Atmosphäre befindet, dann wird es nicht mehr lange dauern bis ...« Er unterbrach sich selbst. »Ja, die Temperaturen in den arktischen Regionen sind in den letzten 50 Jahren

schneller gestiegen als in der restlichen Welt. Das sind zwei bis drei Grad Celsius über dem vorindustriellen Niveau. In unserer Region haben wir ungewöhnliche Anomalien des Wetters erlebt, bei denen die Temperaturen im Winter 40 Grad Celsius über dem früheren Durchschnitt lagen. Ich bin nicht mehr davon überzeugt, dass dies alles durch Menschen verursacht wurde. Das geschieht zu schnell, gerade in den letzten Monaten haben wir einen rasanten Anstieg von Methan Gasen gemessen. Mittlerweile zeigen unsere Messungen Werte im kritischen Bereich. Wir sollten von hier verschwinden und die Behörden von unseren Aufzeichnungen in Kenntnis setzen.« Sie waren aber nicht schnell genug, der plötzliche Ausstoß von giftigem H_2S beendete ihr Leben.

Auf der Suche nach Khaarr

Über Funk bestätigten wir unser Eintreffen in den Katakomben. Terry hatte sofort wieder eine stabile Gedankenverbindung zu der künstlichen Intelligenz Khaarr, wie er sich selbst nannte. Terry konnte keine Anzeichen von den Robotern in unserer Nähe empfinden, wir waren zunächst sicher. Seine Verknüpfung zu Khaarr sei, so sagt er, stabil. Weiter ist er sich sicher, dass Khaarr diese bestehende Verbindung bisher nicht bemerkt hat. »Es gelingt mir immer leichter, mich in seine Datenbank einzuloggen, momentan ist seine Kapazität bei 99%, Tendenz steigend. Das ist nicht gut, bei einem unserer Supercomputer würde diese Auslastung zum automatischen Shutdown führen. Khaarr arbeitet am Limit. Das ist auch der Grund, dass er meine Verbindung nicht bemerkt,« sagte Terry. Ria fragte ihn daraufhin, »Ist es dir möglich, zu erfahren, wo der Computer steckt, oder zumindest in welcher Richtung wir suchen müssen?« »Ja die Route ist West, von unserer Position aus gesehen.« »Na das ist doch schon mal eine Ansage, mit der wir etwas anfangen können«,meinte Major Finnigen. Wir bogen in einen nach Westen weisenden Tunnel, er war schnurgerade und führte ständig in die Tiefe. Kein Ende war zu sehen obwohl hellbeleuchtet. Alle hundert Meter waren links und rechts Nischen mit fremdartigen Maschinen. Einen Kilometer weiter blieb Terry stehen, bog in eine Nische ab. Diese war mit Terminals sowie Monitoren bestückt. Terry machte sich sofort an den Eingabekonsolen zu schaffen, seine Finger flogen über die fremdartige Tastatur, er war voll in seinem Element, keiner von uns wagte ihn zu unterbrechen. Nach zirka einer Stunde setzte er sich völlig erschöpft auf den Boden, dort blieb er für 15 Minuten regungslos und nicht ansprechbar sitzen. Er erholte sich langsam und es sprudelte aus ihm heraus. »Hurra ein voller Erfolg, es war möglich, mich in seinen Hauptspeicher und seine Logik-Recheneinheit einzuloggen, Khaarr hat mich mit einer neuen Kennung ausgestattet, ja ich weiß, das klingt alles unglaubwürdig, aber es ist so. Er war überzeugt, der Fehler läge bei ihm, als ich mich mit einer falschen Kennung an dem Terminal einloggte. Ich ließ ihn in seinem Glauben, haha, für ihn bin ich jetzt einer seiner Roboter. Durch die von ihm zugewiesene neue Kennung bin ich jederzeit in der Lage, mich mit ihm auf direktem Weg zu verbinden.« »Wow, das ist großartig«, sagte ich. »Hast du schon die Informationen, welche wir brauchen?« »Klar habe ich, wir steigen ganz einfach in eine der Highspeedtubes und lassen uns direkt zu seinem Standort bringen. Das hat er mir verraten, so ein Trottel, haha! Okay, am Ende des Ganges befindet sich eine Tube-Station, wir steigen ein und ich identifiziere mich mit meiner Kennnummer und los gehts, was sagt ihr jetzt?« »Terry, du bist ein Genie«, meinte Ria und drückte ihn an sich. Er bekam einen hochroten Kopf. »Dann lasst uns mal losmarschieren.« Unser Kommandant Major Finnigen hatte es mal wieder eilig. Wir erreichten das Ende des Tunnels. Ein U-Bahn ähnlicher Bahnsteig lag vor uns, wir kannten das schon, er sah genauso aus wie bei unserer Ankunft und der Begegnung mit den Robotern. Finnigen sagte zu Ria, sie solle, bevor wir uns in die Bahn begeben, dem Space Command über Funk berichten, was unser Plan ist. Der Offizier am anderen Ende bestätigte den Funkspruch und wünschte viel Erfolg.

Wir stiegen in die Transportkapsel, Terry identifizierte sich mit seiner Kennung, die Türen schlossen sich, die Kabine setzte sich in Bewegung. Auf einem Display wurde die Geschwindigkeit angezeigt. In kurzer Zeit erreichten wir 600 km/h. »Bin gespannt, wo wir herauskommen«, sagte ich. Terry meinte: »Hoffentlich nicht weit vom Standpunkt des Aliencomputers entfernt. Ich empfinde, wir nähern uns mit jeder Minute.« »Wir sind jetzt genau 1h 20 Minuten in dieser Kapsel, wir haben anhand der Geschwindigkeitsanzeige bisher zirka 400Km zurückgelegt. Leider haben wir keinen Bezug in welcher Richtung. Wenn du Recht hast und es ist westlich von Denver, dann müssten wir uns in der Gegend von Utah, Nevada oder Arizona befinden«, sagte ich zu Terry. »Dann liegt die Vermutung nahe, dass unser Ziel ›Area51‹ ist«, meinte Ria. Wie Recht sie damit hatte!

Nach fast zwei Stunden Fahrt merkten wir ein Rütteln in der Kabine, die Tube bremste deutlich ab, wir kamen zum

Stillstand. Eine Luke im Dach öffnete sich, und wir konnten einen Schacht, welcher nach oben führte erkennen. »Das war eine Notbremsung, wir müssen hier raus, und zwar sofort! Der Computer hat einen Emergency Stopp eingeleitet, weil seismische Anomalitäten in der Umgebung seine Sensoren ansprachen«, sagte Terry. »Und das hat er dir erzählt?« Fragte Major Finnigen zynisch. »Ja, und dass ich mit meinen >Gefangenen< die Kapsel umgehend verlassen soll. Es bestehe die Gefahr eines Kollapses der High Speed Röhre.« »Dann nichts wie raus hier, bewegt eure Hintern in den Schacht und klettert nach oben.« »Typisch Major«, maulte Ria. Der Ausstieg führte 20 eiserne Klettersteige aufwärts, dann waren wir außerhalb der Röhre und standen in der heißen

Wüstensonne. Finnigen forderte Ria auf, einen Funkspruch an das Space Command zu senden, damit sie Bescheid wissen, wo wir uns derzeit aufhalten. »Ach und nicht vergessen, zu berichten, dass uns eine Notbremsung veranlasste, durch einen Notausstieg die Highspeed Transportkapsel zu verlassen.« Ria baute eine Verbindung auf und wir erfuhren, dass in vielen Teilen der Erde Vulkanausbrüche und Beben in noch nie zuvor gemessenen Stärken auftreten. Wir wurden unterrichtet, dass der schlimmste Ausbruch auf Island stattfand, welcher die gesamte Insel vernichtete und im Meer versinken ließ. Geologen befürchten, dass ein Ausbruch des Supervulkans unterhalb des Yellowstone National Parks nicht auszuschließen ist. »Das wäre die absolute Katastrophe,

230

das hätte schwerwiegende Folgen für den nordamerikanischen Kontinent. Es würde alles Leben zu 99% auslöschen«, sagte ich. »Dieser verrückte Computer muss gestoppt werden, sonst hat die Menschheit keine Chance zu überleben.« »Da hast du vollkommen Recht, ich frage mich bloß, wie stoppen wir ihn?« »Das weiß ich auch nicht«, antwortete ich Ria auf ihre Frage! Terry mischte sich ein, sagte zu uns allen: »Es gibt nur die eine Möglichkeit, wir müssen zu Khaarr vordringen und versuchen ihn zu überzeugen, dass es für ihn Folgen haben wird, sollte er sein Vorhaben weiterverfolgen. Mir wird schon etwas einfallen, hoffe ich.« Mittlerweile war Lieutenantgeneral Josh Mittendorf am Mikrofon, »Wir haben sie angepeilt, sind über ihren Standort informiert. Ich setze sofort Truppen in Marsch zu ihrer Unterstützung. Von Ärea51 bekomme ich keine Antworten auf meine zahlreichen Anrufe. Das dortige Personal, so scheint es, ist vollkommen in der Hand des Alienrechners. Ich werde die Truppen anweisen, den Standort zu eliminieren. Bleiben sie, wo sie sich gerade aufhalten, und suchen sie Schutz. Der Angriff erfolgt in drei Stunden von jetzt an gerechnet.« Terry antwortete: »Sir, warten sie noch ein paar Stunden länger, bitte lassen sie es uns versuchen. Wenn wir keinen Erfolg haben, können sie immer noch angreifen, Sir«. »Okay ich gebe ihnen 5 Stunden.«

Terry an uns gerichtet: »Wir sind zirka eine Stunde Fußmarsch von einem Einstieg entfernt, lasst uns losgehen.«

Der Weg durch die Wüste war anstrengend und kräftezehrend, wir schafften es dennoch vor Einbruch der Dunkelheit. Ein kreisrunder Stahldeckel verschloss den Einstieg, es war für den Major aber kein Problem, er hatte den Stahlverschluss in 5 Minuten geöffnet, wir stiegen in den Schacht. Unten angekommen blieben Finnigen und Terry stehen, beide lauschten in die Dunkelheit. »Wir werden schon erwartet, keine Angst es sind zwei von den Robotern, hihihi ›Kollegen‹ von mir.« Ein Golfkart ähnliches Fahrzeug tauchte vor uns auf, darauf sassen die Roboter. Terry wies uns an einzusteigen, dann fuhren wir einen langen Gang hinunter in die Tiefe. Die beiden Roboter hatte Terry zurückgelassen, sie gehorchten seinen Anweisungen, blieben im Tunnel zurück. Der unterirdische Gang war hell erleuchtet, wir kamen zügig voran. In fünf oder sechs Hallen, an denen wir vorüber fuhren, sahen wir hunderte, wenn nicht tausende von Robotern stehen. Sie waren alle bewaffnet.

»Wow, das sieht nicht gut aus«, meinte Ria. Terry antwortete ihr, »Keine Angst, die sind alle inaktiv, momentan ist nichts zu befürchten. Khaarr ist bis an seine Grenzen belastet. Er ist nicht mehr in der Lage zu erkennen, dass wir die Eindringlinge sind, er beachtet uns nicht. Sobald wir bei ihm angekommen sind, werde ich versuchen auf ihn einzuwirken und zu stoppen. Ich habe mich vor zwei Minuten in sein Kommunikationssystem eingeloggt und einen Notruf an die Kralax abgesetzt, Khaarr hat mich gewähren lassen. Ich hoffe, dass der Ruf aufgefangen wird. Allerdings befürchte ich, wenn wir ihn nicht innerhalb von einer Woche stoppen, ist es um unsere Erde und uns geschehen. Die Atmosphäre hat nur noch einen Sauerstoffanteil von zirka 17% und ist fast nicht mehr von Mensch und Tier zu atmen. Wenn uns die Erdbeben und Vulkanausbrüche nicht umbringen, dann der fehlende Anteil an Sauerstoff. Der Schwefelwasserstoff in der Atmosphäre erreicht in Kürze einen tödlichen Wert.« »Wenn das passiert, hat Khaarr es geschafft, uns zu vernichten«, antwortete ich Terry.

Wir erreichten eine riesige Halle. In der Mitte befand sich ein zirka 80 Meter hohes, durchsichtiges Gebilde. Es schimmerte in allen Spektralfarben und änderte sich ständig. Der Durchmesser betrug mindestens 30 Meter. »Mann das ist imposant«, meinte Major Finnigen. »Ja, ist es. Es ist das Gehirn des verdammten Aliencomputers, den wir hier vor uns sehen, es ist Khaarr! Dort drüben in der rechten Ecke liegen die Überreste des UFOs, mit dem Khaarr angekommen ist. Alles, was wir hier sehen, hat diese überragende künstliche Intelligenz erschaffen. Er könnte ein Segen für uns sein. Wie ihr aber seht, nichts ist vollkommen, wir Menschen nicht und dieser super Computer auch nicht. Er hat einen schweren irreparablen Fehler in seiner Programmierung.« »Kannst du ihn beheben?«, fragte Ria. »Ich arbeite daran.« Nach diesem Gespräch war mit Terry nicht mehr zu kommunizieren, er war in Trance, zusammengekauert sass er auf dem Boden.

Ich bin mir nicht sicher, wie viel Zeit zwischenzeitlich vergangen ist, wir hockten um Terry herum und warteten, dass er wieder zu sich kommt. Da geschah das, was ich vermutete, die Militärs konnten es nicht abwarten, sie griffen die Ärea51, mit allem was sie zur Verfügung hatten an. »Diese verfluchten Idioten«, schimpfte Major Finnigen, »Sie hätten uns zumindest warnen können.« Im gleichen Moment des Angriffes änderte sich Khaarr's Kern und um uns herum wurde es auf einmal leise. Wir konnten die Explosionen nicht mehr hören, nur leichte Erschütterungen fühlen. Terry erwachte aus seiner Trance, »Verdammt das hätten sie nicht tun dürfen. Jetzt ist Khaarr im Verteidigungsmodus. Er hat einen Energieschutzschild rund um die Ärea51 aufgebaut.

Seine 7 UFOs haben Kurs auf die angreifenden Truppen genommen. Die armen Kerle! Sie haben nicht die geringste Chance. Und wir meine Freunde, sind hier innerhalb des Schirmes eingeschlossen. Es ist mir auch nicht mehr möglich, mit ihm in Verbindung zu treten, er ist in einem äußerst kritischen Zustand. Er kümmert sich ausschließlich um die Vernichtung der Erde. Die UFOs greifen alle Metropolen der Erde an. Wenn nicht ein Wunder geschieht, ist es das Ende!«

Der Angriff auf Ärea51

Die fünf Stunden waren vergangen seit der Funkverbindung mit Major Finnigen. Lieutenant-General Josh Mittendorf schaute auf seine Uhr. »Hatten wir zwischenzeitlich eine Verbindung zu Major Finnigen?« »Nein, Sir.« Er überlegte in sich gekehrt einige Minuten. Traf dann die Entscheidung: »Angriff erfolgt in 10 Minuten!« Alle Waffengattungen waren seit Stunden in Alarmbereitschaft, warteten nur auf den Einsatzbefehl.

Der Angriff auf die Ärea51 erfolgte in der ersten Welle mit F-22 Raptor Fighters unterstützt von F-18 Super

Hornets sowie F-16 Fighting Falcon. Nach der ersten Angriffswelle folgten Angriffe der Bomber B-1B, B-2 Spirit Stealth. Die gesamte Feuerkraft der US Air Force verpuffte im Nichts. Ein Schild aus Energie umspannte die Ärea51 und keine Rakete oder Bombe richtete sichtbaren Schaden an. Aus dem Nichts tauchten zwei UFOs auf und vernichteten den größten Teil der US Air Force, der Rest der Fighter und Bomber brachen ihre Angriffe ab und versuchten, den UFOs zu entkommen. Die Flugabwehr schoss auf die extraterrestrischen Schiffe, welche bewegungslos über der Ärea51 schwebten. Die abgefeuerten Raketen hatten nicht die geringste Wirkung, die UFOs weiteten ihren Beschuss auf die vorrückenden Panzerverbände aus. Die Panzer und Raketenwerfer wurden von den Strahlwaffen der UFOs getroffen, lösten sich vor den Augen der heranmarschierenden Bodentruppen auf. Die Generäle erkannten die Sinnlosigkeit des Angriffes, sie befahlen den sofortigen Rückzug. Daraufhin verschwanden die UFOs genauso schnell, wie sie vorher aufgetaucht waren.

Die Militärführungen wurden informiert, dass weltweit die Hauptstädte der führenden Nationen schweren Angriffen ausgesetzt waren. Die Raumschiffe, welche aus dem All auftauchten, schossen auf alles, was sich bewegte. Die Schäden in den Städten sind derzeit nicht abzuschätzen. Dann versiegten die laufenden Informationen, es herrschte Funkstille. Die GPS und Nachrichten Satelliten waren von den UFOs vernichtet worden.

Die Erde wurde ins Mittelalter zurückbefördert. Nichts funktionierte, kein Cell-Phone, keine GPS-Navigation, kein Internet. Alles, was uns so vertraut war, gab es plötzlich nicht mehr. Die Menschen waren verzweifelt. Es spielten sich weltweit unvorstellbare Szenen ab. Viele ergaben sich ihrem Schicksal, verharrten bewegungslos, warteten auf ihr Ende. Andere reagierten aggressiv, griffen sich gegenseitig an, es herrschte Chaos.

Innerhalb der künstlichen Intelligenz

Noch immer spürten wir die Erschütterungen der Explosionen. Major Finnigen sagte zu Terry: »Gibt es eine Schwachstelle innerhalb des Raumes, an dem ich eine Ladung TNT Sprengstoff anbringen kann? Die Truppen haben ihren Beschuss eingestellt, man hat erkannt, dass es sinnlos ist, den Schutzschild zu durchbrechen. Es bleibt nur die Möglichkeit, dies von innen zu tun. Das ist unsere einzige Chance, den Computer auszuschalten oder zumindest seine Aktivitäten einzuschränken.« »Nein gibt es nicht, die Energieblase des

Kernes ist mit einem zweiten Energieschirm geschützt, da kommst du nicht einmal in die Nähe!«, antwortete Terry. »Vielleicht ist es die beste Option, an mehreren Aggregaten, welche in zwei Kreisen um den Kern angeordnet sind, kleinere Ladungen anzubringen. Das erhöht die Wahrscheinlichkeit eines Erfolges«, sagte ich. Finnigen nickte zustimmend, »Genauso werde ich vorgehen, ihr zieht euch bis an die Wände zurück und sucht bestmögliche Deckung.« Finnigen kramte in seinem Rucksack, hielt mehrere Päckchen in den Händen.

Auf der Brücke des Mutterschiffes

Der erste Offizier informierte Kommandant Kherkol, er habe soeben einen Notruf von dem Erkunder 1049 erhalten. »Auf den Schirm«, sagte er. Auf dem Hologramm, welches sich vor ihm aus dem Nichts etablierte, erschienen die Kennung und die Position des Erkunders 1049. »Überprüfen sie alle Parameter und Funktionen der Einheit, ermitteln sie den Grund des Notsignals«, befahl Kherkol. »Sofort, Sir, kommt auf den Schirm, Sir.« Inmitten des Kommandoraumes erschienen Kolonnen von Zahlen und Schriftzeichen, Kherkol überflog diese, gab den

Befehl, die Einheit 1049 unverzüglich abzuschalten. Er war sichtlich erschüttert, was er da für Informationen zu sehen bekam. Sein erster Offizier hatte nie zuvor einen solchen Gesichtsausdruck seines Kommandanten gesehen.

Ein anderer Offizier in der Kommandozentrale schaltete sich ein: »Sir, es ist unmöglich, 1049 auszuschalten, die Distanz ist für einen Emergency Shutdown zu groß, Sir.« »Dann bringen sie uns näher an diese Galaxis heran, wie lange wird das dauern?« »Unsere Berechnungen zeigen, dass wir uns derzeit 1500 Parsec (=3,26 Lichtjahre)von dem System entfernt sind. Wir können es mit zwei Sprüngen von jeweils 2500 LI mit unserem Hyperdrive System in 12 Einheiten erreichen, Sir.« »Leiten sie die Sprünge ein.«

»Vorbereitungen initialisiert, Sir.«

12 Zeiteinheiten später erreichte das Mutterschiff der Kralax unter dem Kommando von Kherkol die Milchstraße. Nach einem kurzem verweilen, zwecks Orientierung im Normalraum, sprang das Schiff erneut in den Hyperraum. Ein LI vor Erreichen unseres Sonnensystems verließ das Raumschiff den Hyperraum und fiel in den Normalraum zurück. Aus dieser Distanz war es Commander Kherkol möglich, die Erde mit den Deepspace-Sensoren auf den Bildschirmen darzustellen. Auf einen Blick waren die Ausmaße der Zerstörungen zu erkennen. Die Analyse der Einheit 1049 ergab signifikante Fehlfunktionen der Hauptprozessoren. Kherkol

befahl, den Erkundungsroboter 1049 sofort auszuschalten. »Computer wurde durch einen override input ausgeschaltet, Sir.« »Danke, gut gemacht, jetzt ist zu überlegen, wie wir die Schäden schnellstmöglich wieder reparieren.« Er beauftragte seinen ersten Offizier, ein Expertenteam zusammenzustellen, welches sich dieser Aufgabe widmen sollte.

Das Team umfasste sechs Wissenschaftler, ihre Fachrichtung war das Formen/Umformen von Planeten. Die Kralax waren krötenähnliche Geschöpfe, sie waren in der Lage jede Form von Lebewesen anzunehmen. Ein Transportstrahl brachte die Wissenschaftler auf die Oberfläche. Unerkannt mischten sie sich unter die Menschen, keiner beachtete die sechs

Menschen, welche wie aus dem
Nichts auftauchten.

Khaarr

Major Finnigen hielt den Sprengstoff in seinen Händen, lief auf eine der Maschinen zu. Im gleichen Moment, als er den Plastiksprengstoff befestigen wollte, traf ihn ein gleißender Strahl aus dem Kern des Computers, er war sofort tot. Ria schrie in Panik, Terry und ich standen geschockt, wie angewurzelt am gleichen Fleck und waren unfähig, uns zu bewegen. Aus den Augenwinkeln sah ich, wie unsere Waffen und der Körper von Major Finnigen in kleine Teile zerfielen, um sich dann völlig aufzulösen. Er war einfach nicht mehr da, »Wie ist so etwas möglich«, stotterte Terry mit offenem Mund. »Wir müssen von hier verschwinden, dieser verfluchte Computer bringt uns alle um«. Kaum hatte ich das ausgesprochen, da schossen aus dem Kern drei helle Strahlen auf uns zu. Das ist das Ende, manifestierte sich der Gedanke in meinem Kopf. Ich sah den Strahl wie in Zeitlupe auf mich zubewegen, ohne jeden Übergang erlosch er vollständig nur wenige Zentimeter, bevor er mich erreichte. Gleichzeitig leuchtete der Kern von Khaarr hell auf, dann wurde die Halle dunkel.

Nellis Air Force Base

In der Kommandozentrale der Nellis Air Base waren hochrangige Offiziere aller Waffengattungen um einen riesigen Bildschirm versammelt. Sie beobachteten live die Angriffswellen der US-Streitkräfte auf die Ärea51. Die abgefeuerten Raketen, die bunkerbrechenden Bomben explodierten wirkungslos an dem Energieschild, welcher sich über der Area aufgebaut hatte. Der Energieschild hatte einen Durchmesser von 30 Meilen und eine Höhe von 10.000 Fuß. Sie mussten hilflos mitansehen, wie die angreifenden Flugzeuge und die vorrückenden

Panzereinheiten von zwei UFOs vernichtet wurden. Die Raumschiffe tauchten wie aus dem Nichts auf, schwebten über der Energieglocke, sie schossen die Flugzeuge und die Panzer ab. Die Fighter wehrten sich mit allem, was sie zur Verfügung hatten. Die hochmodernen Flugzeuge waren den überlegenen Waffen der UFOs hilflos unterlegen.

Einer der Generäle sagte zu den anderen, »Wir haben keine Chance, lasst uns den Angriff abbrechen. Wir opfern sinnlos unsere Männer und Frauen.« »Wir brauchen eine neue Taktik, wie wir die Basis und den Computer vernichten können!«, erwiderte ein anderer General. »Ja, warten wir ein paar Stunden, hoffentlich können Major Finnigen und seine Begleiter etwas erreichen.«

Die über der Energieglocke schwebenden UFOs beschleunigten mit unvorstellbaren Werten, sie waren innerhalb von wenigen Sekunden vom Himmel verschwunden. »Was hat das jetzt zu bedeuten?«, fragte ein Offizier in die Runde der fassungslosen Mitglieder des Generalstabes. Solche Manöver und Beschleunigungen eines Luftfahrzeuges hatte keiner vorher gesehen. Unfassbar sagten alle wie aus einem Mund. Die Raumschiffe waren zwar weg, aber die Energieglocke verweilte immer noch sichtbar über der Basis.

Ein Kommunikationsoffizier informierte die Generäle darüber, dass vor 10 Minuten jegliche Verbindungen zu den Satelliten abgebrochen sind. »Das heißt, wir haben keine GPS-Daten und keinen

Satellitenfunk mehr?« »Genau das heißt es, Sir.«

Seit einer halben Stunde war alles friedlich um die Ärea51, keine Angriffe der US-Militärs und keine zusätzlichen der UFOs. Die Militärführung auf der Nellis Air Base diskutierten, wie man sich weiter verhalten sollte. Einige der Generäle waren dafür, die Angriffe fortzusetzen. Es wurde vorgeschlagen, Atomwaffen einzusetzen. Ein Luftwaffengeneral widersprach dem Vorhaben. Er begründete es damit, dass dabei nur die eigene Bevölkerung massive Verluste erleidet. Er bezweifelte, dass der Energieschirm mit Atom-Bomben zu vernichten sei. »Bisher haben keine unserer Waffen auch nur einen winzigen Erfolg gezeigt. Ich bin zwar kein Wissenschaftler, aber ich hatte den Eindruck, dass je mehr Waffen den Schirm trafen, er umso stärker wurde. Wir haben es hier mit einer uns überlegenen Technik zu tun, wir sollten kein Risiko eingehen.«

Die Diskussionen verstummten augenblicklich. Der Himmel verdunkelte sich, ein Raumschiff senkte sich geräuschlos über die gesamte Ärea51. Die Ausmaße überstiegen alles, was Menschen jemals zuvor gesehen hatten. »Oh mein Gott dieses Monstrum hat enorme Dimensionen, ich schätze, es hat einen Durchmesser von zehn bis fünfzehn Kilometer, sagte einer der Generäle.« Kurz vor den Hauptgebäuden der Air Force Base kam es in 50 Meter Höhe zum Stillstand. »Gigantisch und ihr wolltet Atomwaffen einsetzen«, flüsterte der Offizier.

Im Raumschiff der Kralax

Ria, Terry und ich standen unbeweglich im Dunkeln der Halle. »Was ist gerade geschehen?« Fragte Ria. »Ich glaube, der Computer existiert nicht mehr, entweder er war vollkommen überlastet oder er wurde abgeschaltet. Eines weiß ich mit Sicherheit, ich habe damit nichts zu tun. Meine mentale Verbindung zu Khaarr war seit einer halben Stunde unterbrochen.« »Okay Terry, dann lasst uns versuchen hier wieder herauszukommen, Ria bist du okay?« »Ja, alles klar.« Ich tastete nach meinem Rucksack, ich wusste, darin befand sich eine Taschenlampe. Dazu kam ich nicht mehr, es war augenblicklich wieder hell um uns herum. Wir standen in einem kreisrunden Raum voller unbekannter Konsolen und Apparaturen. Darauf war keiner von uns vorbereitet. Außerdem waren wir nicht alleine in diesem Raum. Wir schauten durch ein überdimensionales Fenster und sahen die Erde im All schweben. »Das ist doch nicht wahr, was ich sehe, oder?« Fragte Ria. Eine Gruppe identisch aussehender Männer stand vor uns. Einer sprach, nee er sprach nicht, zumindest nicht verbal. Wir konnten verstehen, was er sagte, es waren seine Gedanken, welche wir verstanden. »Ich bin der Kommandant dieses Sternenschiffes, wir sind das Volk der Kralax, wir bedauern zutiefst, was die Erkundungseinheit ›Khaarr‹ eurem Planeten angetan hat. Ihr seid in Sicherheit und der, wie ihr es nennt ›Computer‹ wurde von uns eliminiert. Wir halten den Energieschirm noch eine Weile aufrecht, bis keine Gefahr eines weiteren Angriffes eures Militärs mehr besteht. Wir müssen sie erst überzeugen, dass die Gefährdung vorüber ist. Eine Gruppe von Wissenschaftler ist schon auf dem Weg zu ihnen. Es kann nicht mehr lange dauern. Ich überlasse jetzt das weitere Vorgehen meinen Offizieren sie werden ausführlich erklären, wie euer Planet von uns wiederhergestellt werden wird. Wir besitzen die dazu nötigen Fähigkeiten, wir sind voll für das Geschehene verantwortlich.« Er verschwand von einem Augenblick auf den anderen vor unseren Augen. Ria schaute mich mit ihren großen Augen an, sagte aber kein Wort. Wir vernahmen eine andere Stimme in unseren Köpfen. Diese erklärte uns, dass dieses Entmaterialisieren bei ihnen völlig normal ist, damit verschwand auch er, aber nur für einen Moment, dann stand er wieder vor uns. »Ich habe den Auftrag, euch zu erklären, wer wir sind, was unsere Aufgabe im Universum ist. Wir Kralax brauchen Methan zum Atmen. Wir sind fähig jede Molekularstruktur anzunehmen. Für uns wäre es unmöglich, auf diesem Planeten zu leben. Außerdem würde unser normales Aussehen euch erschrecken, deshalb nehmen wir vorübergehend eure Gestalt an, diese Lebensform können wir nur kurzzeitig aufrecht erhalten. Der Raum, indem wir uns derzeit befinden, wurde den Erdbedingungen angepasst. In unserer Umgebung könntet ihr nicht überleben. Unsere ›Erkundungsroboter‹ suchen unbewohnte Planeten, welche dann auf die Bedürfnisse der

Kralax für eine Kolonisierung vorbereitet werden. Das, was mit diesem Planeten geschehen ist, war ein einmaliges unglückliches Ereignis. Wir werden alles in unserer Macht stehende tun, um diese Welt wieder in den Zustand zurück zu wandeln, ja er wird für euch sogar lebenswerter sein, als er vorher war. Unsere Arbeitsroboter sind bereits damit beschäftigt, den Planeten zu regenerieren. Es werden Filteranlagen auf dem gesamten Planeten installiert.« »Erstaunlich, wie soll das geschehen? Unsere Welt ist nahezu vollkommen zerstört, die Atmosphäre hat einen fast tödlichen Anteil an Schwefelwasserstoff. Die Ozeane sind nicht mehr in der Lage einen gesunden Austausch vorzunehmen, die Meeresströme sind zum erliegen gekommen. Die Vulkane zeigen Aktivitäten

wie schon seit hunderttausend Jahren nicht mehr, wie beabsichtigt ihr das zu bewerkstelligen?«, fragte ich. »Die schädlichen Stoffe, wie CO2, H_2S werden reduziert, der Sauerstoff wieder angepasst. Das wird eine Weile dauern. Die gesamten Abläufe zu erklären ist nicht möglich, ihr würdet es nicht verstehen. Wir Kralax haben uns entschlossen, diese Welt und seine Bewohner über einen langen Zeitraum zu begleiten.«
Das Wesen ohne Namen erklärte, was es mit uns dreien vorhatte: »Eine visuelle, telepathische Übertragung unseres Wissens wird auf euer Gehirn aufgespielt, keine Angst es passiert euch nichts, im Gegenteil. Wenn ihr bitte in diesen Sitzen Platz nehmen möchtet. Ich aktiviere unverzüglich den Prozess, euer

Einverständnis vorausgesetzt?«
»Ja sind wir«, kam es wie aus einem Mund. Terry, Ria und ich setzten uns in die futuristisch aussehenden Sessel. Kaum dass wir sassen, spielten sich phänomenale Szenen in unseren Gehirnen ab. Wir fanden uns inmitten des Geschehens wieder, beobachteten, wie Maschinen aus den riesigen Raumschiffen auf die Erde transportiert wurden. Zahllose Roboter verschiedenster Bauarten fingen sofort an, die großen Maschinen zu installieren. Die wieselflinken Roboter, manche in Würfelform mit 4 Armen, andere kugelförmig, schwebten chaotisch zwischen den gigantischen Apparaten hin und her, es wirkte alles orchestriert. Wir sahen, dass diese Vorgänge auf der ganzen Welt zeitgleich abliefen.

Wie in einem Zeitraffer erlebten wir die Reparatur der Erde. Es wurden riesige Filteranlagen in allen Regionen der Welt installiert. Diese Anlagen filterten das CO_2 aus der verseuchten Luft, lagerten es in Basaltgestein, tief in der Erdkruste.

Die Natur erholte sich langsam von den Schäden, welche die Artificial-Intelligenz ›Khaarr‹ angerichtet hatte. Sauerstoffreiches kaltes Wasser wurde wieder in die Tiefen der Ozeane befördert. Golfstrom sowie die globalen großen Meeresströmungen nahmen ihre so wichtige Arbeit wieder auf. Der Sauerstoffanteil in der Atmosphäre erreichte in kurzer Zeit normale Werte. Fauna und Flora regenerierten sich sehr schnell. Zerstörte Städte inklusive deren Infrastrukturen wurden wiederhergestellt. Die Vulkanausbrüche, die Erdbeben

Aktivitäten beruhigten sich. Die Permafrostgebiete in der nördlichen Hemisphäre wurden heruntergekühlt, indem die Sonneneinstrahlung reguliert wurde. In einer geostationären Umlaufbahn wurden dafür Segel entfaltet, diese bedeckten die Regionen um die Pole und der russischen Tundra. In kurzer Zeit herrschten in diesen Teilen der Erde eisige Temperaturen. Diese Installationen wurden nur durch die überragende Technik der Kralax ermöglicht.

Auf der Erde war wieder normales Leben möglich. Das alles erlebten wir, als sei es die Realität.

Neuanfang

Ein helles Licht drang durch meine geschlossenen Augen, langsam öffnete ich sie, erkannte Ria neben mir in einer Liege, sie blinzelte mit ihren hübschen Augen, schaute mich verwundert an. »Was ist hier los? Wo sind wir hier?« »Das vermag ich nicht zu sagen, zumindest ist es angenehm warm hier«, antwortete ich ihr. Wir beide richteten uns aus unseren Liegestühlen auf, sahen den türkisfarbenen Ozean vor uns. Die Wellen rollten sanft an den Strand, keine Wolke war am Horizont zu sehen. »Wir sind im Paradies, schau dich mal um, der Strand ist gesäumt von Palmen, welche sich in der leichten Brise wiegten, das kann nur das Paradies sein«, sagte Ria zu mir. »Geht es dir genauso wie mir? Ich kann mich nicht erinnern, wie wir hierher gekommen sind, das ist seltsam«, sagte ich. »Irgendetwas ist mit der Erde und mit uns beiden geschehen.« Wir erhoben uns aus den Strandliegen, packten unsere Handtücher zusammen, gingen zurück in die palmenumsäumte Villa am Strand. Ria ergriff meine Hand, sagte, »Es kommt mir so vor, als ob mein Gedächtnis ausgelöscht worden ist.« »Mir geht es ebenso!« Wir betraten das Haus durch die Eingangstür, welche sich automatisch öffnete. Beim Eintreten in das geräumige Wohnzimmer erschien ein Hologramm inmitten des Raumes. Ein schwarz gekleideter Mann sprach uns direkt an: »Ich weiß, ihr wundert euch über einiges, hauptsächlich, dass ihr keine Erinnerung an Vergangenes mehr habt. Nehmt erst einmal Platz macht es euch bequem, es wird etwas länger dauern. Ich werde erklären, was bisher geschehen ist. Nachdem wir Kralax mit der Wiederherstellung eures Planeten begonnen hatten, kamen wir zu der Erkenntnis, dass es länger dauern wird als zuvor angenommen. Wir beschlossen daher, die Bevölkerung inklusive Tierwelt in einen Tiefschlaf zu versetzen. Dieses zu erklären, erspare ich mir! Deshalb haben wir euer Gedächtnis etwas manipuliert, es wird in den nächsten Jahren wieder langsam zurückkehren. Macht euch keine zu großen Sorgen um das Gedächtnis, vertraut uns! Jetzt zu der Wiederherstellung der Erde: Der Planet wurde mit grossem Aufwand regeneriert. Es wurde die Atmosphäre entgiftet, die Temperaturen der Meere angepasst, d. h., die Meeresströme funktionieren wieder. Fauna und Flora erholen sich langsam. Die gesamten Infrastrukturen der Städte, Dörfer, Siedlungen wurden neu errichtet. Zerstörte Fabriken auf den neuesten technischen Stand gebracht. Alle lebensnotwendigen Einrichtungen, welche die Menschheit benötigt, werden von uns eingesetzte Roboter übernehmen. Eure Wissenschaftler sind schon dahingehend geschult, die von uns auf dem Planeten hinterlassenen Transportmittel nach euren Vorstellungen zu gestalten. Robotereinheiten stehen dafür zur Verfügung. Jeder Mensch kann selbst entscheiden, wie er leben möchte. Die zur Erhaltung und Instandhaltung notwendigen Maßnahmen der Anlagen werden von Arbeitsrobotern durchgeführt. Die Raumschiffe und damit eure Raumfahrt sind auf einen Stand gebracht worden, welche die Menschen erst in tausend Jahren erreicht hätten. Die Kommandanten und das notwendige Personal zur Führung der 10 Raumschiffe werden auf diese Aufgaben speziell geschult. Unterstützt werden die

Besatzungen von jeweils einhundert Robotern, welche direkt dem Kommandanten unterstehen. Auf jedem der Schiffe ist eine künstliche Intelligenz der modernsten Baureihe installiert, diese KI-Einheiten sind zur Führung und Navigation der Interstellaren-Schiffe erforderlich. Diese Computer sind das Herz der Raumschiffe! Beim Neubau von interstellaren Schiffen stehen spezielle Robo-Einheiten zur Verfügung. Ein von den Kralax installierter Central-Computer auf eurem Erdtrabanten steuert und kontrolliert optimal das Wetter der Erde. Eine Militäreinheit wird momentan auf die Weltraumüberwachung geschult. Nicht alle raumfahrenden Völker sind friedlich, es gibt zahlreiche darunter, welche auf Eroberungen fremder Welten aus sind. Um diese Rassen frühzeitig vor Erreichen des Sonnensystems zu erfassen, wurde diese neue Militärstruktur aufgebaut. Zur lückenlosen Überwachung wurden zahlreiche Überwachungsanlagen um das Sonnensystem installiert. Der Central-Computer scannt ununterbrochen den stellaren Raum in euerer Galaxis. Die Militärs bearbeiten diese Daten und entscheiden, je nach Größe der anfliegenden Flotten uns zu informieren. Der Computer übermittelt dann unvermittelt diese Daten an die Kralax-Verteidigung. Somit seid ihr maximal geschützt. Im Falle eines Eindringens von kriegerischen Spezies in das Sonnensystem wird unsere Flotte sofort informiert und steht in kurzer Zeit bereit, um einzugreifen. Das sind wir eurer Welt schuldig, wir garantieren vollen Schutz. Dieses Zugeständnis gilt so lange, bis ihr Menschen den technischen

Stand erreicht habt, den Planeten selbst zu verteidigen. Die Erde ist wieder bewohnbar, von jetzt an überlassen wir euch euren Planeten, wir ziehen uns zurück. Wir bleiben dennoch erreichbar. Egal wo wir uns im Universum aufhalten, sind wir in der Lage auch die größten Distanzen in kurzer Zeit zu überbrücken.«

»Diese Nachricht wird zeitgleich an alle Bewohner dieser Welt übermittelt.«
Das Hologramm erlosch, dafür tauchte ein Mann auf, stellte sich als unser persönlicher Butler vor. »Ria und Michael, was immer eure Wünsche sein mögen, ich stehe jederzeit zur Verfügung. Ich ordere für euch Transport zu jeder Destination auf dieser Welt oder bereite Mahlzeiten zu. Die Liste meiner Fähigkeiten ist nahezu unbegrenzt.« Der Butler-Robot drehte sich um und verschwand diskret in einem der angrenzenden

272

Räume. Ria sah mich an, meinte kopfschüttelnd, »Sagte ich dir doch, wir sind im Paradies!« »Na dann lass uns mit dem Neuanfang beginnen, los komm schon!«

ENDE 

REZEPTE

Frankfurter Kartoffel Salat

Zutaten für 10 Portionen.

1 kg Kartoffel(n) für Salat

150 g Speck, mageren

150 g Zwiebel(n), gewürfelt.

¼ Liter   Brühe

60 g Öl

80 g Essig, (Weinessig)

1 Bund   Schnittlauch

Salz und Pfeffer

1   Salatgurke

Zubereitung.

Kartoffeln waschen, kochen, abgießen und noch heiß pellen. Lauwarme Kartoffeln in feine Scheiben schneiden. Speckwürfel braunbraten und samt ausgetretenem Fett über die

Kartoffelscheiben geben. Zwiebelwürfel darüber streuen. Übrige Brühe erhitzen, mit Öl, Essig, Salz und Pfeffer verquirlen, unterheben.

Gurke schälen, längs halbieren, die Kerne mit einem Esslöffel ausschaben. Gurkenhälften in feine Scheibe schneiden, leicht salzen, ausdrücken und unter den Kartoffelsalat heben und mit Schnittlauch bestreuen.

KH Rüster

Pikante Party Suppe

Zutaten für 6 Portionen.

500 g   Hühnerbrust, geschnetzelt.

1   Zwiebel(n), fein gehackt.

1   Knoblauchzehe(n), fein geschnitten

1 TL   Chilipulver

½ TL   Curry

225 g   Frischkäse

2 Dose/n   Tomate(n) mit Chili (je 225g)

750 ml Hühnerbrühe

125 ml Sahne

Salz und Pfeffer

Zubereitung

In einem großen Suppentopf die geschnetzelte Hühnerbrust mit Zwiebel und Knoblauch anbraten. Den Frischkäse und die Sahne mit den Gewürzen in die Fleischmischung rühren, bis der Frischkäse geschmolzen ist. Jetzt die Tomaten mit grünem Chili und die Brühe dazugeben, kurz aufkochen lassen, dann die Temperatur reduzieren und die Suppe langsam bei geringer Hitze fertig kochen.

KH Rüster